SUPER UE FELTRINELLI

Antonio Tabucchi è considerato uno degli scrittori più rappresentativi della letteratura europea contemporanea. Filologo di formazione, ha insegnato per molti anni Letteratura portoghese all'Università di Siena ed è stato *visiting professor* al Bard College di New York, al Collège de France e all'École des Hautes Études di Parigi. Ha tradotto in italiano l'opera di Fernando Pessoa sul quale ha scritto numerosi saggi. Collabora regolarmente alla *Nouvelle Revue Française* e a *El País*. Numerosi inoltre i suoi interventi su *Le Monde* e, in Italia, sul *Corriere della Sera*, *l'Unità*, *la Repubblica*, *il manifesto* e *MicroMega*. Per le sue analisi, nel 2004 l'Associazione dei giornalisti europei gli ha attribuito a Madrid il Premio Francisco Cerecedo per la libertà d'opinione.
Per Feltrinelli ha pubblicato: *Piccoli equivoci senza importanza* (1985), *Il filo dell'orizzonte* (1986), *Il gioco del rovescio* (1988; prima edizione, il Saggiatore, 1981), *I dialoghi mancati* (1988), *Un baule pieno di gente* (1990), *L'Angelo nero* (1991), *Requiem* (1992), *Piazza d'Italia* (1993; prima edizione: Bompiani, 1975), *Sostiene Pereira* (1994), *La testa perduta di Damasceno Monteiro* (1997), *Gli Zingari e il Rinascimento* (1999), *Si sta facendo sempre più tardi* (2001), *Autobiografie altrui* (2003), *Tristano muore* (2004) e *Racconti* (2005). Altre sue opere narrative presso Sellerio: *Donna di porto Pim* (1983), *Notturno indiano* (1984), *I volatili del Beato Angelico* (1987), *Sogni di sogni* (1992), *Gli ultimi tre giorni di Fernando Pessoa* (1994).
Notturno indiano, *Il filo dell'orizzonte*, *Sostiene Pereira* e *Requiem* sono stati portati sullo schermo rispettivamente da Alain Corneau, Fernando Lopes, Roberto Faenza, Alain Tanner. Ha ricevuto numerosi premi in Italia e all'estero. I suoi libri sono tradotti in tutto il mondo.

SUPER UE

Antonio Tabucchi

L'oca al passo

Notizie dal buio che stiamo attraversando

a cura di Simone Verde

FELTRINELLI

Prima edizione nell'"Universale Economica" – SUPER UE
marzo 2006

ISBN 88-07-84072-3

Alla memoria della mia amica Susan Sontag, dei giorni in cui progettavamo di fare a quattro mani un libro di questo tipo, sui pagliacci funebri che guidano le sorti del mondo.

Introduzione

Dopotutto il mondo non è cambiato granché. L'Imperatore invia ancora i suoi eserciti a massacrare lontano dai confini, se non pensate con la sua testa il Papa si impermalisce e si addolora, il Vassallo ha moltiplicato le sue ricchezze perché ha moltiplicato i tributi e ora ha almeno dieci castelli.

Un poeta ha scritto che quelle due file di denti aguzzi sono la prova evidente che i lupi non si nutrono di sogni. Vi illudete se pensate che i vostri sogni possano andare lontano: si sono consumati a forza di essere sognati, non hanno un buon colorito. Vi è familiare il volto di una persona che vive agli antipodi, ma non conoscete il vostro vicino. I proprietari della morale sono molto preoccupati per la vostra anima, però al corpo non ci pensa nessuno, così le torture sono all'ordine del giorno, e i punti più idonei da tormentare sono rimasti gli stessi: anche il corpo non è cambiato nel corso dei secoli, e il dolore neppure. Se una volta vi vedeva l'occhio di dio, ora vi vede un occhio fatto di titanio e altre leghe leggere che ruota intorno al globo in un'orbita impassibile che orbita. Invia alla base segnali senza sosta, panoramiche e dettagli; paziente raccoglie tutto di voi: i vostri passi quotidiani e il giusto riposo notturno, la nascita, il sesso, il decesso. Veramente i tempi sono bui, poche le esistenze, e anche la Storia, nonostante tutti i suoi capricci, non dimostra poi tanta immaginazione: o è in un modo o è nell'altro, e si illude di essere cambiata tornando ad essere quello che era già stata.

Nonostante tutto bisogna pur fare qualcosa. Se non altro capire il perché, il come e il quando. Perché capire dà senso alla vita, anche se di per sé essa senso non ha. Le pagine di questo libro erano articoli di giornale, e continuano ad esserlo, se lette isolatamente: pezzi di una realtà complessa che ci circonda e che si lascia osservare soltanto in parte, tenendo aperte valenze di cui non ci accorgiamo, se ci contentiamo della campionatura, e che si spalancano sull'ignoto. Pasolini, quando scrisse *Io so,* affermò che sapeva perché egli era uno scrittore, una persona «che cerca di seguire tutto ciò che succede, di conoscere tutto ciò che se ne scrive, di immaginare tutto ciò che non si sa o che si tace; che coordina fatti anche lontani, che mette insieme i pezzi disorganizzati e frammentari di un intero coerente quadro politico, che ristabilisce la logica là dove sembrano regnare l'arbitrarietà, la follia e il mistero». Io non so se so, ma come per Pasolini «tutto ciò fa parte del mio mestiere e dell'istinto del mio mestiere».

Il tutto ci è vietato, ma del tutto possiamo conoscere parti sufficienti a farci capire di più se riusciamo a collegarle fra di loro, a mettere assieme i frammenti degli avvenimenti che accadono e che ci vengono forniti in maniera discronica, illogica, palindroma. In questo libro ho cercato di fare questo, intendendolo una forma di "romanzo", in maniera forse illegittima per chi concepisce la letteratura come un manuale, in maniera più plausibile per chi è convinto che la letteratura sia una forma di conoscenza attraverso la scrittura. In questo caso una conoscenza dei legami e delle analogie fra fatti e avvenimenti suggerita con le regole di un vecchio gioco italiano, il gioco dell'oca.

Questo libro è legato al *qui e ora,* è vero, e i personaggi che lo abitano sono tutti chiamati con nome e cognome. Ma, a loro modo, essi sono portatori di letteratura, perché incarnano *caratteri,* interpretano ruoli immutabili, sono *attori* di se stessi, si tramandano la *maschera* da tempi immemorabili. Che importa se il nostro ricco arricchito, tronfio, spaccone, grossolano, triviale, non si chiama Trimalcione? Invece di offrire plateali banchetti con cinghiali arrosto dalla cui pancia si alzano in volo fagiani, regalerà dei Rolex d'oro o delle crociere nel

Mediterraneo. Nerone bruciò Roma accompagnandosi con la cetra. Se qualcuno svende l'Italia, cantando *Maruzzella Maruzzè*, non interpreta lo stesso ruolo? E il perfido consigliere, scellerato, che magari declama a viso aperto dal suo show televisivo la sua scelleratággine come se fosse una virtù, non è Tigellino seduto sul suo scanno? E il Servo? E il Traditore? E il Gigione? E il Vanesio? E il Voltagabbana? E il Barattiere? E il Ladro? E il Corrotto? E il Tartufo? E il Ruffiano? Davvero vi resta difficile dare un volto ai singoli attori che oggi interpretano questi ruoli nella commedia umana che la Storia ci racconta da sempre? Non esitate, fate le vostre scelte. È questo il bello della letteratura: è uno spazio di libertà. E per questo è stata sempre odiata da tutti i regimi.

Non pretendo che sia molta la luce che accendo sul buio che attraversiamo, ma a volte basta un cerino per illuminare l'oscurità e accorgerci che stiamo camminando sull'orlo dell'abisso. E almeno che non ci vengano a dire che stiamo percorrendo il sentiero fiorito di una ridente campagna che loro hanno dissodato per noi, il meglio che potessimo desiderare.

Questo libro non sarebbe stato possibile senza l'aiuto di alcune persone che desidero ringraziare. Prima di tutto Marina Boscaino, che ha raccolto con cura e pazienza il materiale dei vari giornali e riviste, classificandolo e selezionandolo in maniera tematica, affinché potessi disporre di un panorama ordinato sul quale costruire il mio "romanzo" come desideravo. Un ringraziamento affettuoso va poi a Valentina Parlato, che quale gentile detective è riuscita a reperire su molti giornali, specie stranieri, articoli per me ormai introvabili. Un ringraziamento amichevole, unito a tutta la mia stima, a Furio Colombo, che con la liberalità che gli appartiene ha sempre ospitato sul giornale da lui diretto i miei interventi anche allorché le nostre opinioni non coincidevano.

Una gratitudine tutta speciale la debbo infine a Simone Verde, che con grande competenza ha curato questo volume facendosi saggio consigliere, editor *prezioso di que-*

gli articoli che necessitavano di revisioni e di tagli, aiutandomi a concepire la struttura e a trovare il filo di collegamento fra i vari "capitoli" con illuminanti suggerimenti. Per un senso di giustizia mi sento in dovere di chiamarlo in correità, anche a costo di non rendergli un buon servizio. Ma il problema è suo.

A.T.

Nota e tavola delle sigle

Molti dei testi qui raccolti, in parte sintetizzati e modificati, sono stati scritti per El País Internacional *e* El País, *edizione spagnola, dei quali, per correttezza, cito di volta in volta il copyright. Per comodità del lettore, allorché gli articoli sono stati ripresi da giornali italiani, quando possibile li indico in sigla. Oltre che sulla stampa italiana,* El País Internacional *ha diffuso gli stessi articoli anche sui seguenti quotidiani:* Herald Tribune*;* Clarín *(Buenos Aires);* El Universal *(Città del Messico);* Diário de Notícias *(Lisbona);* El Nacional *(Caracas);* La Opinión *(Los Angeles).*

Sigle

LM	*Le Monde*
IM	*il manifesto*
U	*l'Unità*
EP	*El País*
EPI	*El País Internacional*
R	*la Repubblica*
M	*MicroMega*
C	*Corriere della Sera*
AM	*Agenda Magistratura Democratica*
O. ed.	*edizioni l'Obliquo*, Brescia
F.it	*Sito Feltrinelli: http://www.feltrinelli.it*

PRIMO GIRO

La crisi del pensiero lapalissiano

Ove si tratta del potere della parola ma soprattutto della sua fragilità e svalutazione; delle crisi cardiache della Storia, sottoposta al by-pass dei punti di vista; di delatori e altri personaggi da ballo in maschera, nonché delle licenze verbali che i potenti si scambiano con gioconda licenza.

Partenza

La Palisse

Jacques de Chabannes, signore di La Palisse, era un bravo generale francese che nel Cinquecento combatté in Italia e che morì in battaglia a Pavia. Ha legato incolpevolmente il suo nome a un aggettivo che la sua austera vita militare non meritava, perché durante il suo elogio funebre qualcuno disse che un quarto d'ora prima di morire era ancora vivo. Da qui il termine «lapalissiano», che significa dire una cosa più che ovvia. Per esempio, l'acqua è bagnata: lapalissiano.

Con l'inizio della nuova Era, in Italia è iniziata una crociata contro il pensiero lapalissiano, trasportando il paese verso un luogo metafisico, dove l'umidità dell'acqua non è più un dato evidente ma un mistero gaudioso. Per esempio: vi trovate in un altro qualsiasi paese d'Europa davanti a un pubblico numeroso. E con convinzione affermate che il falso in bilancio è un reato. Il pubblico vi guarda con indulgenza, si scambia occhiate e pensa: bella scoperta, hai fatto tanta strada per venirci a dire che l'acqua è bagnata? Ma è lapalissiano! E allora voi, consapevoli che una rinnovata filosofia della politica nata nel vostro paese ha finalmente messo in crisi il noioso pensiero lapalissiano, esclamate: eh no, non è mica così ovvio, signori miei, in Italia una legge garantisce che il falso in bilancio non è reato. A proposito, se vi venisse voglia di farlo, venite a farlo da noi. E poi continuate: il patrimonio pubblico di uno Stato appartiene ai suoi cittadini, il presidente della Repubblica francese non può vendere la Torre Eiffel a un rottamatore. Il pubblico vi guarda con la stessa indulgenza, e pensa di nuovo: bella scoperta, è lapalissiano. E allora voi dite: eh no, signori miei, non è così lapalissiano come pensate, in Italia il patrimonio pubblico è privato, e dunque, se qualcuno di voi volesse comperarsi il Colosseo e ci avesse i danè per farlo, si faccia avanti. E quelli devono incassare ancora una volta. A questo punto, però, vi preparate al colpo grosso. La nostra Repubblica è fondata sulla Costituzione, dite scandendo bene le parole, perché è una Repubblica nata opponendosi al fascismo, tanto che prima era una monarchia fascista. La reazione dell'ingenuo pubblico è la medesima, perché credeva che qualsiasi Repubblica fosse fondata su una Costituzione, altrimenti su che cavolo si fonderebbe mai una Repubblica? E allora voi dite: un momento, non è poi così semplice, un presidente della Rai, la nostra televisione di Stato, al convegno di un ex partito fascista, a cui si sente vicino, ha affermato il contrario.

In Italia sopravvive ancora un antico pensiero lapalissiano, che politicamente dovrebbe opporsi alla distruzione del pensiero lapalissiano. Ma esso è attraversato da una profonda crisi, da un rovello filosofico di vaste proporzioni. I rappresentanti del pensiero lapalissiano, dubbiosi, si interrogano: ma sarà proprio vero che il Colosseo appartiene agli italiani, e non, poniamo, al nipote della cugina della cognata dello zio del ministro dei Beni culturali? Sarà proprio vero che la Repubblica italiana è fondata sulla Costituzione e non sul patto che Silvio Berlusconi ha stipulato con gli italiani con la garanzia di Bruno Vespa? Sarà proprio vero che difendere i diritti dei lavoratori sia una posizione di sinistra? E inoltre, si chiedono con tormento i residui difensori del pensiero lapalissiano, se noi affermiamo il nostro pensiero con chiarezza, non rischiamo di delegittimare l'avversario? E poi, queste affermazioni non rischiano di dividere il paese, di accendere il conflitto, di alzare i toni della polemica? I toni vanno mantenuti bassi, altrimenti certi opinionisti si levano sulla punta dei piedi e ci rimproverano sui loro giornali, che figura ci facciamo? Questi dubbi scatenano una profonda discussione filosofica alla ricerca della verità: sì, in effetti, per principio, l'acqua sarebbe bagnata, ma bisogna verificare caso per caso. La discussione langue, la verità è difficile da raggiungere. Finché un giorno, un signore che istituzionalmente ha la funzione di appurare che l'acqua è davvero bagnata, dichiara pubblicamente: l'acqua, avendo costituzione liquida, è naturalmente bagnata. A voi potrebbe sembrare una semplice constatazione idrica, facendovi reagire come il pubblico di quel paese europeo quando gli dicevate che non si può vendere la Torre Eiffel. Ma in Italia un'affermazione come questa ha un altro valore. È un avvenimento che merita titoli cubitali sui giornali che ancora si ostinano a sostenere che l'acqua è bagnata e l'esultanza di tutti quelli che per esplicito mandato elettorale avrebbero il compito di stabilire se sia davvero liquida. Finalmente i responsabili del pensiero lapalissiano escono dai dubbi che li tormentano ed esultanti annunciano agli italiani che la loro Repubblica è fondata su una Costituzione, e che quella Costituzione a sua volta si fonda sui valori della Resistenza e sull'antifascismo. Avevate qualche dubbio? Ebbene, basta con i dubbi! Anzi, vi daremo di più, a rischio di alzare i toni della polemica: gli acquazzoni che devastano regolarmente il nord sono proprio bagnati, e la siccità che ogni estate colpisce il sud è proprio asciutta! Evviva, quello che fu detto del signore di La Palisse è proprio vero: un quarto d'ora prima di morire era ancora vivo. E questo ci rassicura.

Il dado è tratto: siete in gioco. Potete giocarlo come volete. Se la vostra indole preferisce la consuetudine del pagina dopo pagina, liberissimi di farlo, ma la vostra lettura sarà solo passiva e il libro vi risulterà meno comprensibile perché è il risultato di un disegno prestabilito. Se invece volete prendervi parte attivamente secondo regole appartenenti ai giochi di antica tradizione, dovete tener conto dei temi prevalenti di questo articolo. Avete due opzioni. Se desiderate approfondire quanto in Italia il pensiero lapalis-

siano sia davvero in crisi, seguite il ***Percorso A*** *e passate alla* ***Casella uno****. Se invece siete interessati alle conseguenze culturali e politiche della crisi di tale pensiero (****Percorso B****), saltate alla* ***Casella due****.*

Casella uno

L'onore della patria

L'Italia è alla deriva. Una deriva politica e ideologica che ha conosciuto il suo punto più preoccupante il 14 ottobre 2001 con una dichiarazione del presidente della Repubblica. Quel giorno Carlo Azeglio Ciampi, durante una cerimonia sulla Resistenza in un paese vicino a Bologna, ha pronunciato parole che ritengo improponibili per una democrazia come la nostra, nata dall'antifascismo. Forse ritenendosi autorizzato da una convinzione diffusa nell'opinione pubblica, secondo la quale egli avrebbe partecipato alla Resistenza,* Ciampi ha affermato: «Abbiamo

* Fino al 2003, quando in compagnia di pochi altri ho chiesto elucidazioni sul "partigiano" Ciampi, il presidente della Repubblica è stato spesso indicato agli italiani come «il presidente che ha fatto la Resistenza». A chiarire l'equivoco è stato poi Mario Pirani: «Basta essere minimamente informati per sapere che Ciampi non ha mai detto di aver fatto il partigiano ma di essersi rifugiato dopo l'8 settembre sulla Majella e di aver passato clandestinamente la linea del fronte per raggiungere, fedele al giuramento e rischiando la vita, i reparti militari italiani ricostituiti nel Sud agli ordini del legittimo governo» (Mario Pirani, *la Repubblica*, 07.07.2003). Chiarimento tardivo. Infatti qualche anno prima, polemizzando con Montanelli, lo stesso Pirani scriveva: «C'è da chiedere [a Montanelli] se egli pensi che l'Italia doveva restare a fianco di Hitler e dei carnefici di Auschwitz fino al crollo finale [...]. Come può pensare oggi il contrario un uomo [Ciampi] che in quei giorni **sceglieva di partecipare alla Resistenza?**» (M. Pirani, *la Repubblica*, 30.10.2000, sottolineatura mia). Una vulgata peraltro non richiesta dallo stesso Ciampi il quale, dal suo punto di vista sulla storia italiana, ha sempre evitato di mettere l'accento sui temi e sui valori della Resistenza, intendendo nella sua ottica lavorare a un clima di "riconciliazione nazionale". Un'ottica riscontrabile sin dal suo discorso di insediamento: «A Montecitorio e poi al Quirinale, **l'azionista e partigiano** Carlo Azeglio Ciampi non ha pronunciato la parola Resistenza violando quasi un rito cinquantennale nell'insediamento dei presidenti della Repubblica italiani» (E. Boffano, *la Repubblica*, 20.05.1999, sottolineatura mia). Una posizione, quella di Ciampi, subito stigmatizzata tra gli altri dal quotidiano *Liberazione* che, all'indomani del discorso di insediamento, evocò il rischio che l'omissione di un riferimento esplicito alla Resistenza potesse «legittimare il clima revisionista» già in atto nel paese (14.05.1999).

sempre presente, nel nostro operare quotidiano, l'importanza del valore dell'unità d'Italia. Questa unità, che sentiamo essenziale per noi, quell'unità che oggi, a mezzo secolo di distanza, dobbiamo pur dirlo, era il sentimento che animò molti dei giovani che allora fecero scelte diverse e che le fecero, credendo di servire ugualmente l'onore della propria patria». Con l'eufemistica circonlocuzione «giovani che fecero scelte diverse», il presidente italiano non può che riferirsi ai nazifascisti di Salò, cioè a coloro che si schierarono militarmente con Mussolini e Hitler dopo l'armistizio.

Un presidente della Repubblica non si può permettere di dire tutto ciò che vuole, perché dall'alto della sua carica, fornendo informazioni errate ai giovani e ai cittadini e in particolare a coloro che non hanno accesso allo studio della Storia, disorienta gravemente l'opinione pubblica italiana già abbastanza disorientata. Che coloro che avevano scelto il nazifascismo fossero animati dal sentimento dell'unità d'Italia è una falsità storica grossolana. La Repubblica di Salò, nata dopo l'8 settembre 1943 (data dell'armistizio chiesto dall'Italia agli Alleati) fu uno Stato fantoccio creato dai nazisti nel Nord, più o meno nelle stesse zone che oggi sono in mano al partito separatista della Lega, e l'idea che questo staterello artificiale, roccaforte del nazifascismo, operasse per l'unità d'Italia equivale a dire che la Repubblica di Vichy, collaboratrice dei nazisti invasori, fosse patriottica. Che i repubblichini, scherani e servi dei nazisti, autori di massacri, torturatori e aguzzini, vestiti di simboli di morte, credessero di servire «l'onore della propria patria», è una dichiarazione che involgarisce l'idea di patria e il concetto di onore. Ciampi ha affermato che certi giovani fecero «scelte diverse», lasciando intendere che queste scelte sarebbero da assolversi perché furono fatte in buona fede. Con lo stesso ragionamento qualcuno potrebbe arrivare ad assolvere i terroristi di bin Laden, che sono senz'altro animati dalla *buona fede*, anzi da troppa buona fede.

Quando, il 15 ottobre 2001, a Parigi è arrivata la notizia del discorso di Ciampi, in un'aula della Sorbona il giurista Antonio Cassese chiudeva il corso della cattedra

Blaise Pascal con un dibattito sulla giustizia penale internazionale insieme a Robert Badinter, Philippe Kirsch, padre dello statuto della Corte penale internazionale, e al presidente del Tribunale internazionale penale dell'Aja, Claude Jorda. Nell'intervallo dei lavori, chiacchierando nel cortile con i numerosi studenti presenti, ho letto loro le parole del presidente della Repubblica italiana. Mi hanno guardato con stupore. Uno di loro mi ha condotto davanti alla lapide della «Cour d'Honneur» dove sotto un lungo elenco di nomi c'è scritto: «Ai professori e agli studenti caduti per la Francia, 1939-1945». L'unità della Francia è lì, nei nomi delle persone di quella lapide, non in coloro che furono i loro assassini. Se il presidente Chirac venisse a raccontare a questi studenti che i collaborazionisti o i poliziotti di Vichy avevano comunque agito per l'onore della patria lo prenderebbero a fischi. In Italia non fischia nessuno.

Il *blanchissage* di Salò è cominciato da tempo grazie al deputato ex comunista Violante, che si dice avesse ambizioni di capo dello Stato e dunque dovesse conquistarsi le simpatie della destra in parlamento. Ma Ciampi è già presidente della Repubblica, le simpatie della destra se le è già conquistate. È stato eletto all'unanimità, e la destra, compresi gli ex fascisti, sono entusiasti di lui (il primo a esultare alle sue parole è stato il ministro Mirko Tremaglia, ex repubblichino). Nelle sue incaute parole Ciampi ha dimenticato che i nazifascisti non sono gli Assiro-Babilonesi, scomparsi da quattromila anni: essi sono ancora presenti in Europa e in Italia, dove il parlamento trabocca di ex fascisti. Quanto all'unità del paese, cui ha mostrato sempre di tenere, perché Ciampi, quando Berlusconi gli ha presentato il suo governo, non ha fatto obiezioni su un separatista come Umberto Bossi al ministero delle Riforme istituzionali?

© *LM* (*U*, 21.10.2001)

Per chi ha scelto il Percorso A

Come avete visto, la crisi del pensiero lapalissiano investe l'identità più profonda della nostra Repubblica, lo-

gorando anche i mezzi necessari per difenderci dal minestrone politico e culturale che ci viene rovesciato in capo e che minaccia il valore intrinseco delle parole. Parole, parole, parole. Per falsificare la Storia si falsificano anche le parole. O le si pervertono. Per averne un'idea passate alla ***Casella due****.*

Per chi ha scelto il Percorso B

Il mare, seppure inquinato, respira, si distende e si contrae. La Storia minestronica lo imita, con i suoi corsi e ricorsi di vichiana memoria, e l'onda del tempo, che vi sembrava già distesa sulla spiaggia, torna indietro, laddove il mare è cupo e temibile: altri tempi che credevate morti. Una volta equiparata ogni scelta politica e tolto valore alla Storia e alle sue tragedie tutto diviene banale, anche il peggio. Saltate alla ***Casella tre****.*

Casella due

I ladri di parole

L'Italia è un paese di anime belle. Romano Prodi definisce con la parola più appropriata di cui dispone la lingua italiana uno stuolo di ragazzotti che Berlusconi riceve alla Camera (non ad Arcore, alla Camera) e che faranno servizio di propaganda a pagamento porta a porta, e la maggioranza si scandalizza. Come si devono mai chiamare se non *mercenari*? Quando l'opposizione chiama le cose con il loro nome, la maggioranza protesta che «la si delegittima». Lapsus linguistico sintomatico della mentalità in cui si è adagiata la destra in questi anni. Mentalità che significa: una politica che sfascia l'Italia deve essere anche legittimata.

La sinistra si è fatta rubare la politica perché si è fatta rubare le parole della sinistra. Berlusconi ha usurpato il paese, la televisione, il parlamento anche perché ha usurpato le parole che appartengono non solo alla sinistra ma soprattutto alla democrazia cui egli è per natura estraneo. Ha cominciato l'esproprio linguistico nel battezzare la sua alleanza *Casa delle libertà*, lo ha continuato autodefinendosi *Il buon governo*. Ciò lasciava implicitamente intendere che fuori dal suo schieramento non ci fosse libertà e fuori dal suo governo ci fosse solo malgoverno. Un'oscenità linguistica che doveva essere subito respinta dalla sinistra, che invece si è lasciata scippare parole che appartengono alla sua cultura e alla sua tradizione con supina acquiescenza. Sentire certi parlamentari del centrosinistra che in un salotto della televisione di Stato, davanti a un fascistello che bestemmiava la democrazia, dicevano rispettosamente «voi del Polo delle libertà», era una delle cose più umilianti che si potessero sentire in questa Italia violentata dalle leggi Cirami, dai licenziamenti di Enzo Biagi e di Santoro e dai "lodi Schifani". Senza parlare dello slittamento semantico con cui la stampa ha accompagnato l'ascesa del berlusconismo: Maroni è diventato ministro del *Welfare*; degradando la parola istituzionale, il leghista Bossi è omaggiato come *il Senatùr*; quando Ciampi firmava le leggi più indecorose lo faceva dopo aver esercitato una *moral suasion*; Berlusconi non era più semplicemente il presidente del consiglio, come si dice in tutti i paesi europei in cui il capo dell'esecutivo è effettivamente un presidente del consiglio, era *il Premier*, oppure *il Cavaliere*. Epiteti che evocano il condottiero, il capo di un'intera nazione, non di una maggioranza tenuta insieme da scambi di favori e di poltrone. E perché la sinistra ha permesso che questo miliardario della cui fortuna nessuno conosce l'origine usasse la parola *comunista* come se fosse un marchio d'infamia? Perché non gli ha replicato che il Partito comunista in Italia ha salvato le istituzioni repubblicane in più di un'occasione, e che se un marchio d'infamia l'Italia lo ha verso se stessa e con tutta l'Europa è il fascismo mussoliniano che si alleò con i nazisti, portando l'Italia al macello e morte e distruzione nel mondo? E che dire di quando Berlusconi lanciò un messaggio televisivo a reti unificate e insinuò che l'assassinio del professor Biagi fosse la conseguenza dell'istigazione del sindacato? Non è questa una delegittimazione del movimento sindacale, uno dei pilastri di ogni democrazia moderna? Berlusconi poi ha definito la Costituzione repubblicana una *Costituzione sovietica*. La frase è palesemente fascista ma la sinistra non ha avuto il coraggio di denunciarlo. Berlusconi ha devastato perfino l'italiano. È tempo di ripristinarlo, di riabilitare le parole rubate, di rimediare ai danni subiti dalla nostra lingua, perché le parole sono le cose. Il giorno in cui Gianfranco Fini veniva nominato ministro degli Esteri, il giornale di Paolo Berlusconi, il fratellino con condanna passata in giudicato, titolava a tutta pagina: «Dopo Fiuggi il fascismo non è più tabù». Se lo dicono loro, che la sinistra ne approfitti e si riappropri delle parole per dirlo: chiami fascisti i fascisti.

(*IM*, 07.12.2004)

Per i lettori del Percorso A e del Percorso B

Siete capitati tra i ladri di parole, tra i peggiori lestofanti. Una volta perso il valore semantico delle parole, una volta liquidate le lezioni della Storia, ecco aperto un varco verso il regime. Che bel silenzio di tomba nell'Italia del Ventennio, nella Spagna franchista, nella Praga stalinista, nella Romania di Ceausescu. Questi nomi vi dicono qualcosa? Saltate alla ***Casella cinque****.*

Casella tre

Un boia di buonumore

Alcuni illustri giuristi europei, commentando con rammarico sul piano etico e politico la decisione del ministro britannico Straw di restituire il generale Pinochet al Cile per motivi di salute, la ritengono tuttavia un atto di «civiltà giuridica» poiché, al di là dei crimini che un individuo ha commesso, argomentano, costui non può essere processato se le sue condizioni psicofisiche non sono tali da consentirgli un processo nel quale possa adeguatamente difendersi. Si potrebbe dire anche di più: questo atto di civiltà giuridica è un vero e proprio schiaffo morale non solo nei confronti di un paese che non ha voluto processare il dittatore quando la sua salute era perfetta, ma soprattutto alla scarsa "civiltà giuridica" che il generale Pinochet ha dimostrato negli anni della sua dittatura. Figuriamoci se si è mai preoccupato di chiedere ai suoi prigionieri quale era il loro stato di salute: non c'era certificato medico che valesse. I suoi erano processi sommari, attuati con il plotone di esecuzione o con i ferri della tortura. Mai che il generale abbia espresso la minima preoccupazione per una persona anziana trascinata nello stadio di Santiago, oppure che abbia mai detto: «Gentile signora, lei è incinta, mi rendo conto che torturarla potrebbe portare complicanze alla sua gravidanza». Non ci ha davvero mai pensato.

Ma, al di là di queste considerazioni, credo sia opportuno soffermarsi sulle motivazioni che hanno spinto il ministro inglese a rifiutare l'estradizione del dittatore alla Spagna che lo voleva mettere sotto processo. Straw ha deciso in base a una perizia che vorrei commentare. Il rapporto, firmato da due medici di medicina generale, J. Grimley-Evans e M.J. Denham, e dalla neuropsichiatra Maria Wike, consta di quattro parti: 1. Esame medico; 2. Stato fisico; 3. Stato mentale; 4. Prognosi. La sezione 1. contiene un breve prologo descrittivo dove leggiamo: «Il senatore Pinochet è stato interpellato nel suo letto. Ha una lieve sordità, tuttavia può mantenere una conversazione tenendo funzionante il suo apposito auricolare. Si è mostrato vigile e cooperante, però si stancava con facilità». Là dove si parla di *Intellezione*, i medici scrivono: «Ha mostrato lentezza di intelligere e difficoltà di comprendere istruzioni complesse». Infine a proposito dello *Stato psicologico*, si legge: «Nessun segno di depressione. Senso dello humour intatto». E la sezione *Stato fisico* riporta: «Attualmente il senatore Pinochet sarebbe nelle condizioni di sopportare un processo, tuttavia gli effetti della malattia cerebro-vascolare sono aumentati nonostante la terapia». Alla sezione che riguarda lo *Stato mentale*, i medici asseriscono invece che sotto questo aspetto il senatore Pinochet non è in grado di sopportare un processo per un motivo: «Lacune di memoria su avvenimenti remoti e recenti». Nella sezione finale che riguarda una *Prognosi* che a suo modo è una diagnosi, i medici concludono che lo stress, in una situazione come quella processuale, potrebbe provocare reazioni fisiologiche atte ad accelerare il processo della sua malattia. I medici ammettono poi di essere stati «informati» che Pinochet ha dimostrato in passato «una notevole capacità di superare lo stress». Ragione per cui dichiarano di «non ritenersi capaci di fornire un'opinione certa sugli effetti che il processo potrebbe avere sulla salute del paziente». L'osservazione conclusiva è la seguente: «Non ci sono prove che il senatore Pinochet tenti di simulare le debilitazioni apparenti».

Nella loro scrupolosa relazione i medici britannici hanno tralasciato una parte capitale di una visita medica che si rispetti. Nella tradizione ippocratica, che è alla base della nostra medicina, così come il diritto della persona è alla base della nostra civiltà giuridica, i medici, per arrivare a una seria diagnosi, devono sottomettere il paziente ad un'anamnesi, all'esame cioè delle notizie che riguardano la famiglia, le condizioni di vita, le abitudini e le malattie sofferte dal paziente: l'anamnesi famigliare e l'anamnesi diagnostica. Ad esempio se un medico visita un paziente affetto da manifestazioni patologiche concernenti paralisi accompagnate da progressivo rimbecillimento, si preoccuperà di chiedere se in famiglia esistessero dei sifilitici, perché una sifilide malcurata o sotterranea può portare alla demenza e alla paralisi. La prima osservazione dei medici, nel voler ignorare il passato del generale, può perfino risultare grottesca. Egli, dicono, «si è mostrato vigile e cooperante». Certo, sono le principali caratteristiche che permisero al generale Pinochet il suo sanguinoso colpo di Stato. Vigile, anzi vigilissimo nell'imporre al momento opportuno le leggi fasciste che un legittimo governo democratico aveva bandito dal Cile (o nel «difendere il proprio paese dal comunismo», secondo una diversa lettura), Pinochet fu un magnifico cooperante: è stato rivelato recentemente dagli archivi di Stato americani che la sua capacità di cooperazione con la Cia e con le multinazionali che avevano perso in Cile i loro privilegi economici risultò fondamentale, fu condizione indispensabile per l'annichilimento della democrazia cilena. Anche l'analisi della sua *Intellezione* (in cui si notava una certa «difficoltà di comprendere istruzioni complesse») fa parte indubbiamente della sua anamnesi. È più che evidente che Pinochet è sempre stato in grado di ricevere soltanto istruzioni elementari. Ad esempio: «Generale, qui è la Cia, è il momento di bombardare il palazzo presidenziale». Oppure: «Generale, i prigionieri dello stadio di Santiago li faccia fucilare domattina». Pinochet abbassava il telefono con soddisfazione: aveva capito. E non stupisce certo (sezione: *Stato psicologico*) che egli non manifesti nessun sintomo di depressione e abbia mantenuto un senso dell'humour intatto. Quando mai, nella storia del Novecento si è visto un boia depresso? La depressione spetta alle vittime, come ci ha insegnato Primo Levi, per il tormento, la vergogna e il ricordo delle violenze subite. I boia dei campi di concentramento e degli altri massacri, da Eichmann a Priebke, non hanno mai mostrato disforia.

Non c'è dubbio che quanto riferito dai medici britannici, cioè la capacità nel passato del generale Pinochet di superare lo stress, sia esatto. Deve essere stressante massacrare un popolo e torturare migliaia di persone, e Pinochet ha dimostrato di superare queste prove con incrollabile vigoria. Un processo poteva pericolosamente intaccarla. Ma se i medici britannici, nel trascurare l'anamnesi, hanno omesso la storia personale della patologia di Pinochet, il ministro Jack Straw, nel decidere di non consegnarlo alla Spagna, ha compiuto un gesto di omissione nei confronti della Storia. Ma forse la scarsa attendibilità di una diagnosi priva di anamnesi l'ha dimostrata Pinochet stesso che, presentatosi su una sedia a rotelle ai dottori di Straw (pronti a credere che egli non simulasse le sue apparenti debilitazioni), appena sceso dall'aereo è balzato su dalla sedia a rotelle per abbracciare i generali che lo aspettavano. E la sua gagliardia si è improvvisamente risvegliata nel sentire le marce militari e nel vedere gli amati fucili mitragliatori che i militari accanto a lui puntavano minacciosamente verso il cielo, verso il Cile, verso l'Europa, verso il mondo.

Per i lettori del Percorso A e del Percorso B

Ahimè, siete capitati in un budello cieco, il massimo dell'infamia. Tutto sembra perduto. Scomparso il consenso attorno a certi principî, la democrazia va a quel paese e dittatori sanguinari diventano simpatici vecchietti pieni di humour. Per nostra fortuna, però, in Italia c'è ancora un Garante, un'autorità superiore che garantisce per la nostra salvezza. Per cercare conforto nella sua indiscussa e intangibile autorità, saltate alla ***Casella sei*** *(Casella garante).*

Casella quattro

Santa Cia

Nel dopoguerra la professione del giornalista è stata per noi un pregio e un onore. Era la stampa libera e indipendente, a differenza dei paesi totalitari dove la stampa era al servizio di satrapi o di regimi, che garantiva le nostre democrazie. Ciò che ci inorgogliva, quando ci recavamo in Africa, in Asia o in America Latina, è che noi disponevamo della libertà di parola; i nostri giornali cercavano di essere onesti e veritieri. Gli esempi di inchieste coraggiose, di articoli che hanno difeso le istituzioni repubblicane, denunciando attività antidemocratiche, in Italia sono innumerevoli. Ma cosa è diventata oggi la stampa italiana? Non voglio parlare tanto dei cecchini travestiti da giornalisti e pagati da Berlusconi per spargere letame sull'Italia, sulla magistratura, sulla democrazia, sulla Costituzione e sulle istituzioni; mi riferisco soprattutto a un giornalista trionfale, che di punto in bianco, dalle colonne del giornale che dirige e dallo schermo del programma televisivo che ha in mano, dichiara con iattanza di essere stato al soldo di un servizio segreto straniero operante nel nostro paese, la Cia. È Giuliano Ferrara, personaggio potente e temuto, consigliere di Silvio Berlusconi, la persona che a Berlusconi ha maggiormente fatto da testa di ariete da quando questo affarista è sceso in politica. È stato al soldo della Cia, dice lui. E pagato lautamente.

Perché ha fatto queste dichiarazioni? Un'ipotesi è che sia una provocazione per gonfiare ancora di più il proprio personaggio, ma con tutte le stragi che costellano la storia italiana recente, solo a una mente malata verrebbe un'idea del genere. E ciò che è intollerabile è il vanto con cui costui dichiara le sue attività. È questo il lazzo del personaggio: che invece di vergognarsene possa vantarsene come se si trattasse di una medaglia al valore, la dice lunga sull'Italia di oggi. Abbiamo sentito in televisione un ex ministro di Berlusconi, Cesare Previti, che si vantava di aver evaso miliardi di tasse. Ora il direttore di un giornale, di cui è editore la signora Veronica Lario Berlusconi, ostenta di essere stato al soldo di servizi segreti stranieri. A quando la trionfale dichiarazione di qualcuno di essere un mafioso o uno stragista? Può essere utile ricordare un fatto esemplare accaduto in un paese esemplare (certo per il direttore del *Foglio*): un certo Pollard, cittadino americano ebreo di origine, sta scontando una condanna all'ergastolo per avere passato informazioni americane ai servizi segreti di Israele. Di fatto in Italia le stragi sono state molte e, da quanto è venuto fuori in alcuni processi, certi servizi segreti di altri paesi interessati a destabilizzare l'Italia avevano lo zampino in queste faccende di morti. Ferrara ne saprà qualcosa? Troppi sono gli omicidi e le stragi irrisolte in Italia, da piazza Fontana all'assassinio del commissario Calabresi (che come si sa indagava su un traffico di armi) fino alla strage di Ustica, accaduta allorché nei nostri cieli avvenivano esercitazioni militari. La Cia probabilmente sa, e non è escluso che vi abbia preso parte. Sa perché aveva una rete italiana. Una cosa è certa: per passare informazioni ai servizi segreti stranieri bisogna avere accesso a informazioni riservate. Com'è che il Ferrara disponeva di informazioni riservate? Chi gliele dava? Ferrara gioca al rialzo. Evidentemente è in una botte di ferro, o così crede. Ma forse è solo un piccolo mitomane. Allora si pone un altro problema: è tollerabile che il nostro paese sia in mano a un finanziere che si sottrae alla giustizia e che ha un mitomane per consigliere?

Per chi ha scelto il Percorso A

Purtroppo per voi, il gioco si fa pesante. I traditori della patria, siano essi generali felloni, golpisti o i loro camerieri, evocano il ritorno di Dracula. Quando non c'è più accordo su nulla, neanche sull'umidità dell'acqua, è bene prepararsi a democrazie compiacenti con le peggiori nefandezze. Tornate alla ***Casella tre****.*

Per chi ha scelto il Percorso B

Il personaggio di cui si è parlato in questo articolo viene dalla "tv spazzatura". Ve lo ricordate anni fa, quando cominciò la sua carriera di potente opinion maker *televisivo? Arrivava sul teleschermo con l'aria di un barbone e una lisca di pesce in mano. La televisione-spazzatura, di cui costui è stato un pioniere, ha inquinato l'Italia, l'ha involgarita, deturpata. Ha fatto in modo che tutto, anche la politica, diventasse materiale d'intrattenimento in una fiera impazzita, una lisca di pesce senza più niente da rosicare. Se chiudete gli occhi non vedrete un mare azzurro, ma onde schiumose, sudice, su cui galleggiano relitti e pesci morti. Tornate alla* ***Casella uno****.*

Casella cinque

Il silenzio è d'oro

1. Ci sono varie forme di dittatura. In Italia è in atto una dittatura della parola.

2. Perché la parola è d'oro. E la possiede una sola persona, un uomo politico che è contemporaneamente il capo di un governo e il padrone di quasi tutti i media che trasportano la parola.

3. L'Italia appartiene solo in apparenza alla democrazia europea. In realtà ne è una versione orientale alla maniera di Eliogabalo. Qualche anno fa un settimanale titolava «Scrittore, perché non parli?». È il caso di ripetere la domanda. Perché se eventualmente uno scrittore contraddice il fracasso assordante delle parole di Elio-

gabalo, ecco che da più parti si alzano voci autorevoli, elogiando il silenzio.

4. Ma l'elogio del silenzio non si può fare con le parole. Per coerenza andrebbe fatto in silenzio. Coloro che invocano il silenzio utilizzano la parola. Compresi quegli scrittori che elogiano il silenzio. Ma a chi chiedono il silenzio coloro che elogiano il silenzio? Lo chiedono forse a Eliogabalo? O agli strilloni di Eliogabalo? O agli schermi televisivi di Eliogabalo? O ai bandi stampati di Eliogabalo? No. Lo chiedono a voi, che avete osato dire una parola contro Eliogabalo e contro l'impero di parole di Eliogabalo.

5. Perché nel regno di Eliogabalo non solo la parola è d'oro. Anche il silenzio è d'oro.

6. Ma il proverbio dice che chi tace acconsente.

7. La parola è d'oro ma può essere anche di piombo. Si legge nel Vangelo che certi individui al servizio del Sinedrio usavano la sica sotto il mantello. La sica era il loro strumento di lavoro, un pugnale corto e affilato, dal colpo mortale. Sotto il mantello i giornalisti e gli agenti di Eliogabalo portano parole affilate come siche. Zac zac, e sei morto, se non rispetti il silenzio. Parole d'acciaio allora, parole di piombo oggi.

8. Occhio: hai detto una parola contro il regno di Eliogabalo. Il premuroso notaio di Eliogabalo, nel suo implacabile teleshow serale, metterà la tua immagine subito dopo quelle dei terroristi. Così gli spettatori faranno un'associazione di idee senza che lui sia passibile di querele. Sa essere diffamatorio con circospezione, il notaio.

9. Eliogabalo è feroce. Spara. E soprattutto fa sparare pistole catodiche. Chiedo: perché tacete davanti alle pistole catodiche di Eliogabalo?

10. Cito da un'enciclopedia medica: «Laringe: organo cavo semirigido costituito da cartilagini collegate tra di loro da legamenti e muscoli. Le sue funzioni principali sono la respirazione e la fonazione, cioè la formazione dei suoni determinata dalle contrazioni dei muscoli chiamati corde vocali».

11. La fonazione, cioè la favella, è la facoltà di cui la natura ha dotato gli uomini affinché si distinguano da-

gli animali. La parola ci contraddistingue come creature vive e pensanti. Senza di essa saremmo dei bruti. Ma fummo fatti per seguire virtute e conoscenza. A differenza di come vorrebbe Eliogabalo.

12. Perché il silenzio uccide, la parola crea. In principio era il Verbo e il Verbo era la vita. E questo è il Vangelo.

13. Parlo perché sono. Quando la mia gola sarà piena di terra smetterò di parlare. Allora sarà il silenzio. Mi attende un'eternità di silenzio. Ma prima che arrivi il silenzio eterno, voglio usare la mia voce. La mia parola.

14. Io parlo perché sono uno scrittore. La scrittura è la mia voce. Uno scrittore che non parla non è uno scrittore. Non è niente. Ma Eliogabalo i suoi servi e tutto il consenso tacito che lo circonda vogliono riempire la mia gola di terra.

15. Anche voi dovete parlare. Perché tutti dobbiamo parlare. È per questo che la natura ci ha fatto creature umane. Se direte anche un solo *no* la vostra natura umana sarà salva. Se restate in silenzio avrete riempito da soli la vostra bocca di terra. Sarete solo orecchi che ascoltano. Il che è esattamente quello che si vuole da voi.

16. Attenzione. L'arte di tacere, il regno di Eliogabalo l'ha conosciuta dal 1922 al 1943. È una vecchia pratica tipica di ogni regime. Si chiama pratica delle coccole aulenti. In Italia i grammatici delle coccole aulenti hanno cominciato a dettare i loro decaloghi: «Tale argomento è meritorio di letteratura, tal altro non è meritorio». Attenzione, questi grammatici sono pericolosi: stabilendo arbitrariamente delle gerarchie enunciano un principio di censura. E invece la letteratura è larga come la vita, e non chiede nessuna carta di credito. Perché, come ha detto un grande poeta, tutto vale la pena se l'anima non è piccina. E a questo serve la parola: a dire che l'anima non è piccina.

17. Mi ricordo di Caserio. Mi ricordo di Sacco e Vanzetti. Mi ricordo di Valpreda. Mi ricordo di Pinelli. Ricordo tutto quello che è successo in Italia nel dopoguerra e anche durante. I repubblichini lavoravano per i nazisti. Uccidevano e torturavano. Lo so, lo sa la mia famiglia e ho i documenti. Coloro che dicono che quelli di Salò

erano «ragazzi» che lottavano comunque per l'onore della patria, mentono, sostengono un falso storico. È necessario contraddirli. Per contraddirli bisogna parlare.

18. In Italia ormai non si vuole mettere terra in bocca soltanto a coloro che usano ancora la parola, agli scrittori. Si vorrebbe riempire di terra anche la voce della Storia.

19. Ha scritto il grande scrittore di Praga: «Scrivere significa fare un salto oltre il cerchio degli assassini». Cittadini: parlare è fare un salto oltre il cerchio di chi vuole strangolarvi. Scrivete. Parlate.

20. Cittadini del regno di Eliogabalo che credete ancora nella parola. Vi hanno assicurato che nel regno di Eliogabalo c'è un Garante che per garantirvi può firmare o non firmare la legge di Eliogabalo. Ma solo voi siete garanti della vostra voce, dopodiché la vostra bocca sarà piena di terra.

(*M*, 02.2002)

Per i lettori del Percorso A e del Percorso B

Se siete capitati in questa casella, vi sarete accorti che la parola è d'oro ma può essere anche di piombo. La dittatura della parola ha permesso che si attribuisse lo stesso valore a tutto e al contrario di tutto, trasformando l'opportunismo in un modello vincente. E anche un traditore confesso della patria potrà pretendere di essere riverito come un eroe. *Tornate alla* ***Casella quattro****.*

Casella sei

Casella garante

Ho letto sulla varia stampa, anche quella che non appartiene ancora a Berlusconi, che Berlusconi, rivolgendosi in pubblico al presidente della Repubblica Carlo Azeglio Ciampi, gli ha dato del «tu». La forma di cortesia è stata segnalata con orgoglio dai giornali che appartengono a Berlusconi (cioè quasi tutti). È apparsa invece «maleducata» a quei giornali che non appartengono ancora a

Berlusconi (ormai pochissimi). Infine, non ha avuto alcun commento dal presidente della Repubblica. E neppure dal suo ufficio stampa. Ma il «tu» di Berlusconi al presidente della Repubblica non è solo espressione di chi se ne frega delle buone maniere. Certo, Berlusconi è persona spiccia: i suoi gesti, le sue parole, il suo abbigliamento denotano quella pacchianeria di chi ha il portafogli pieno ma che mette le dita nel naso (e, spesso, nel naso altrui). Eppure l'uso spregiudicato del «tu» pare qualcosa di più e di oltre. Nella storia repubblicana nessun presidente del Consiglio ha dato del «tu» a un presidente della Repubblica, neanche quando il presidente del Consiglio era un democristiano (cioè quasi sempre) e il presidente della Repubblica un altro democristiano (cioè quasi sempre). Il presidente del Consiglio trattava con la distanza e la deferenza dovuta («lei», oppure «signor presidente», «eccellenza», a scelta) il presidente della Repubblica, significando con questa forma che lui, presidente del Consiglio, rappresentava un governo di una sola parte degli italiani, anche se maggioranza, mentre il capo dello Stato rappresentava tutti i cittadini italiani, cioè l'Italia. Dopodiché, in privato, potevano anche darsi pacche sulle spalle, perché magari uno dei due presidenti era padrino di battesimo del nipotino dell'altro, o perfino socio in affari. Ma, formalmente, in pubblico, uno era il capo di uno Stato, l'altro solo il capo di un governo. L'onorevole Berlusconi ha infranto questa regola. Ne ha infrante tante, lo sappiamo, e lo sanno gli italiani. Ha cominciato all'indomani del G8 di Genova, apparendo in televisione accanto a Carlo Azeglio Ciampi in un momento tragico per la Repubblica in cui le garanzie costituzionali furono sospese per un giorno intero.

Mi chiedo: fu Berlusconi a proporre a Carlo Azeglio Ciampi di affiancarlo in quel messaggio alla nazione, o fu il contrario? Il «tu» di Berlusconi a Ciampi solleva questo interrogativo. Il secondo "sgarbo" arrivò pochi giorni dopo l'assassinio di un consulente dello Stato, il professor Marco Biagi, e alla vigilia di una grande manifestazione sindacale, quando Berlusconi, a reti unificate sulla televisione di Stato, lanciò un messaggio alla nazione. Lo fece travestito da presidente della Repubblica, con la scenografia e l'atmosfera di un'occasione da capo dello Stato. Nel frattempo il vero capo dello Stato non c'era: la sua immagine era latitante. Perché? Perché era andato a far visita privata (sottolineo la parola privata) ai congiunti del professor Biagi che avevano rifiutato i funerali di Stato. Mi chiedo: fu Berlusconi che volle questa messinscena (la televisione a suo modo è una messinscena) o il contrario? Il «tu» di Berlusconi a Ciampi solleva questo interrogativo. Insomma, cosa vuole significare questo «tu» apparentemente allegrone, spregiudicato ed esibito in forma mediatica? Una vecchia amicizia? Una confidenza da antichi compagni? Un messaggio?

La biografia dell'onorevole Berlusconi, almeno in quello che è possibile, la conosciamo: cantò sulle navi da crociera, fu costruttore edile, fu amico di Craxi, ebbe una tessera della Loggia P2 di Licio Gelli, entrò in affari, familiarizzò con banchieri, divenne miliardario. Ma cosa c'entra Carlo Azeglio Ciampi con tutto questo? Egli è stato solo governatore della Banca d'Italia e ministro del Tesoro di un governo. E perché Ciampi non lo ha messo al suo posto come meritava? Magari non subito, in quella circostanza ufficiale, perché non sarebbe stato educato. Ma dopo, con una nota del Quirinale, dove gentilmente si lasciava intendere con neutra correttezza che non era il caso che Berlusconi trattasse il capo dello Stato come un compagno di merende.

(*U*, 09.08.2002)

Per i lettori del Percorso A e del Percorso B

La Casella garante vi ha permesso di compiere un salto di giro. Che vi permette di ricominciare a giocare. Con la crisi del pensiero lapalissiano non c'è più accordo su nulla. La vostra Repubblica non è più fondata sulla Costituzione, l'acqua non è più bagnata e la politica non è più politica. Priva di passioni civili è diventata esercizio dell'interesse privato. Il presidente della Repubblica non è più trattato come la massima autorità dello Stato, ma come un amico cui dare confidenzialmente del «tu». Chi ci governa non è un rappresentante del popolo ma è il capo, chiuso nella solitudine dell'esercizio autistico del potere: siamo alle lische di pesce. Se vi interessa la solitudine del capo che piega a suo vantaggio tutto un paese, scegliete il ***Percorso A*** *e passate alla* ***Casella sette****. Le conseguenze nella storia repubblicana di una politica priva di passioni civili e concepita come scontro di interessi (****Percorso B****), le troverete invece alla* ***Casella otto****.*

SECONDO GIRO

La politica e l'interesse

Ove si capita in misteri gloriosi e gaudiosi, stragi necessarie quanto basta, papi e torturatori, spettacoli di arte varia e una nuova canzone folk che così canterebbe: «Mettete della democrazia nei vostri cannoni».

Casella sette

Chi è che ci conduce?

Berlusconi è un uomo di carattere: se un politico dell'opposizione chiede di partecipare con lui a un dibattito in una sua televisione (ad esempio la Rai), rifiuta il contraddittorio. Perciò si fa invitare dal suo *showman* preferito, ma da solo. Il leader dell'opposizione insiste, ma Berlusconi non cede, perché non per niente è un uomo di carattere. Così suggerisce al suo *showman* preferito di non invitare il leader dell'opposizione. Quello ubbidisce e per la gratitudine di aver ricevuto un ordine scrive un libro su Berlusconi che lo stesso Berlusconi gli pubblica nella sua Mondadori. Il non volere il contraddittorio potrebbe sembrare un capriccio, a prima vista, invece è segno di una triste condizione esistenziale, perché indica solitudine. E si sa che i grandi condottieri, da Cesare a Napoleone, dal Conducator al Dustin Hoffman di *Rain Man* hanno avuto come triste sorte la solitudine. In solitudine hanno guidato i loro popoli, autisticamente. L'autismo è sempre doloroso poiché il disagio mentale è dolore, è esperienza del dolore. Sarebbe crudele scambiare il dolore per un capriccio. Berlusconi soffre nel vedere che non c'è concordia nel suo popolo, nel popolo che egli conduce, perché vorrebbe che tutto il suo popolo fosse solidale con chi lo conduce, cioè con lui. Però lui conduce ugualmente. E per questo è un uomo di carattere.

(© *EPI*, 20.11.2005)

Per i lettori del Percorso A e del Percorso B

Se senza prospettive politiche la politica è solo interesse, quelli di Berlusconi non sono capricci, ma legittimo risentimento contro una sinistra ostile nei suoi confronti quasi che avesse un obiettivo politico da contrapporre ai suoi interessi. Ed è senz'altro per questo motivo che Berlusconi si è stufato del parlamento e invia ossessivamente da Arcore cassette video alle sue televisioni, secondo lui occupate dalla sinistra. Se auspicate una sinistra più attenta alle legittime esigenze di Berlusconi e meno preoccupata da certi aspetti futili della vita come il lavoro, la pensione, la sicurezza sociale, i diritti civili eccetera, saltate alla ***Casella undici****.*

Casella otto

Lettera ai cittadini di Brescia

Gentili cittadini di Brescia, capiamo il vostro disappunto e consideriamo riprovevole che dopo tutti questi anni gli autori dell'incidente di piazza della Loggia non siano stati ancora individuati. Consideriamo altresì riprovevole che siano stati provocati altri incidenti analoghi. E anche politicamente errati, visto che ci sono altri mezzi più indolori e più democratici per una modifica dell'impianto costituzionale cui, a loro modo, tendevano allora i cultori della Costituzione un po' esagerati che agirono in maniera tanto radicale. Tuttavia bisogna dar loro atto che, pur nella loro radicalità, costoro erano animati da un principio di rinnovamento dei nostri princìpî costituzionali, onde rendere il nostro paese più agile e al passo con i tempi: maggiore potere concentrato in una sola istituzione, fusione del potere politico con quello economico, una sana riforma della magistratura affinché il potere giudiziario, sempre troppo arrogante e separatista, dipendesse in maniera diretta dall'esecutivo, cioè da coloro che guidano le sorti della nostra patria.

Ci corre tuttavia l'obbligo di specificarvi che la vostra insistenza nel chiedere chiarimenti si attenuerebbe alquanto se non vi vedeste come caso isolato ma se aveste l'altruismo di guardarvi intorno, cioè di contestualizzare l'incidente avvenuto nella vostra città. L'Italia purtroppo continua ad essere un paese in cui il cittadino guarda al proprio «particulare», come osservò il Guicciardini, il che gli fa perdere il sentimento di appartenere alla comune storia di una comune nazione, unita e fraterna. Se i parenti di coloro che ebbero la sfortuna di trovarsi alla stazione di Bologna nell'agosto 1980, se i parenti di coloro che ebbero la sfortuna di imbarcarsi su un airbus che doveva sorvolare il cielo di Ustica (tralascio altri episodi minori); se tutti costoro, dicevo, non hanno ancora avuto il chiarimento che insistono a chiedere da anni, perché mai la città di Brescia dovrebbe avere il privilegio di conoscere ciò che agli altri non è dato di conoscere? E poi, con quale arroganza potete pensare che la Storia sia un'entità costituita di chiarezza? Non sapete forse che essa è soprattutto oscurità e tenebra, creatura mossa da forze misteriose e inconoscibili dalla limitata mente umana? La musa della Storia, gentili cittadini di Brescia, per gli antichi era Clio, al contempo musa della Memoria. Ebbene, abbiate il coraggio di eseguire un'operazione logica molto semplice: cancellate dalla vostra memoria lo spiacevole incidente che avvenne nella vostra città ed esso, come per incanto, sparirà anche dalla vostra Storia. Vedrete che, in questa sana maniera di affrontare gli eventi, quella giornata che caparbiamente desiderate mantenere in vita si dissolverà come neve al sole: nei futuri manuali l'avvenimento non comparirà e dunque non sarà mai accaduto. Ci pare altresì che alcuni di voi (perfino dei magistrati) abbiano emesso un'opinione ingiusta nei confronti del generale Delfino, indicandolo come persona che avrebbe operato ciò che voi definite «depistaggi». Ebbene, tale generale è persona leale che ha sempre lavorato per il bene dello Stato. Ma cosa potete sapere voi quale sia il bene dello Stato? La vostra idea di bene dello Stato non coincide con la nostra. A questo relativismo voi dovreste rivolgere il pensiero, gentili cittadini di Brescia, pensando che tutto è relativo e che ci sono molti punti di vista sulle cose. E che il vostro punto di vista non coincide con il nostro. E perché mai dovrebbe, ve lo siete mai chiesto?

Ciò che ci permettiamo di consigliarvi, semmai, è di non perdere la fiducia nella nostra patria e nella nostra bandiera. I morti sono morti, ormai. Pensiamo ai vivi. E ai giovani. E allora pensate piuttosto alle giovani coppie che rappresentano il futuro di questo paese, ragazzi e ragazze belli ed entusiasti che sono nati dopo quel deplorevole incidente. E ad essi regalate, appena nasce un pargolo italiano, il nostro tricolore. Non seguite i consigli del senatore Bossi il quale, con parole velate e misteriose, sostiene che egli con il tricolore ci si pulisce il culo. Con i nostri moderni strumenti abbiamo decodificato questo sotterraneo messaggio e siamo arrivati alla conclusione che esso non conteneva dei sottotesti sovversivi ma voleva semplicemente dire ciò che dice.

Con la fede nella patria, nelle istituzioni e nel futuro, e con la promessa che uno di noi sarà presente alle vostre celebrazioni, anonimo tra la folla per la discrezione che sempre ci caratterizza, vi porgo i saluti fraterni e i migliori auguri di tutto il mio Gabinetto, firmandomi, come vuole il nostro codice di sicurezza, il vostro

Fratello d'Italia

(*O. ed.,* Brescia 2004)

Per i lettori del Percorso A e del Percorso B

Questa paziente lettera, che nell'immaginazione dell'autore di questo libro un funzionario delle stragi dello Stato italiano ha scritto ai cittadini di Brescia, ha uno scopo civile e didattico: insegnare alle vittime ad accontentarsi del loro ruolo di vittime. È perciò comprensibile che allorché le vittime esagerino e avanzino pretese, possano francamente irritare chi ha nobilmente sacrificato vite altrui per i propri interessi. Una conferma la trovate alla ***Casella nove****.*

Casella nove

Commission Parlementaire Massacres

In una discussione pubblica all'estero ho dovuto tradurre l'espressione «Commissione Parlamentare Stragi». L'incontro si svolgeva in francese e l'unica traduzione possibile era *Commission Parlementaire Massacres*. Nel pronunciarla ad alta voce ho provato un senso di disgusto come non mi era mai capitato quando in italiano pronunciavo la parola «stragi». A volte una lingua diversa ci fa cogliere il senso profondo di una parola cui ci siamo purtroppo assuefatti. La classe politica italiana, invece di confessare all'opinione pubblica non solo i nomi dei responsabili materiali ma soprattutto i "motivi" che indussero le istituzioni dello Stato e i nostri servizi segreti ad allearsi con certa feccia (mafia, fascisti, P2, oscure organizzazioni "atlantiste" e servizi stranieri, in specie la Cia) ha fatto di tutto per assuefarci alla parola «stragi». E continua a tacere, gelosa dei suoi loschi segreti e dei suoi sigilli assassini. Nei paesi democratici la magistratura, com'è proprio del suo compito, indaga per difendere le istituzioni democratiche. E se un cittadino indagato è innocente, lascia che essa indaghi. Succede invece che la classe politica italiana, grazie all'impunità cui è abituata, non tollera di essere indagata neppure se non è indagata.

Edward Said, riferendosi a un paese del Centroamerica dove i politici non tollerano indagini della magistratura, soprattutto quando non li riguardano, ha definito questa situazione *pineapple paradox* («il paradosso dell'ananasso»). Il paradosso di Said mi è tornato in mente leggendo una vicenda tutta italiana. All'indomani delle stragi del 1993, il procuratore Gian Carlo Caselli affidò al giudice Roberto Scarpinato un'inchiesta dal nome «Sistemi criminali» (massoneria, politica e imprenditoria deviate): il nuovo fascicolo puntava a tratteggiare lo scenario in cui maturarono quei terribili eccidi politico-mafiosi. L'indagine diventò ben presto una spina nel fianco per la classe politica, non solo di destra, ma anche di sinistra. Ed ecco che il 14 ottobre 1999 Francesco Cossiga acquista a sue spese una pagina del *Corriere della Sera* per pubblicare un appello al presidente del Consiglio Massimo D'Alema e chiedergli di fermare i Pm palermitani. L'ex capo dello Stato sostiene di essere indagato: «Sostituti ammalati di onnipotenza sembra stiano preparando uno dei soliti dossier pseudo-giudiziari per cui io, in quanto doverosamente interessato a Gladio, farei parte di un sistema di poteri criminali che avrebbe governato l'Italia per cinquant'anni. Se pensano di intimorirmi, si sbagliano di grosso. Io dei loro teoremi me ne frego»*.

Il senatore Cossiga è «doverosamente interessato» a Gladio: lo sanno tutti. Sappiamo anche che il *Gladio* sbocciò da un *Giglio*, dietro cui come sempre c'erano gli "apparati". Se poi sotto Gladio ci fosse qualcosa di più sotterraneo non sappiamo, perché la commissione stragi non lo ha potuto appurare. Ma se Gladio era un'associazione di persone perbene che agiva con mezzi leciti a fini filantropici, cosa aveva mai da temere Cossiga? Infatti, come hanno fatto sapere subito i magistrati interessati, nessuno lo stava indagando. Intanto però Cossiga, intervistato in televisione, insisteva con un linguaggio che per quanto poco appropriato per chi fu presidente della Repubblica, non stupisce in persona «doverosamente interessata a Gladio» (nelle caserme dei *marines* si parla così): «Questi ragazzotti, com'è loro costume, stanno raccogliendo ipotesi. Scarpinato si deve mettere in testa che il diritto lo conosco prima e molto più di lui e che lui sarà intelligente, ma rispetto a me è fesso»*.

La procura di Palermo ha archiviato l'indagine per la quale il senatore Cossiga NON era indagato. Una procura ha tutto il diritto di chiudere un'indagine così come l'ha aperta; il problema non sta in questo, perché sospettare che l'attuale capo della procura di Palermo abbia voluto trarre il senatore da un'inchiesta in cui non entrava significherebbe elevare al quadrato il paradosso dell'ananasso. Il problema piuttosto è: perché mai il senatore Cossiga si è tanto indignato, si è tanto allarmato, ha speso

* Cito da Saverio Lodato, Marco Travaglio, *Intoccabili*, Rizzoli, Milano 2005, p. 371.

tanto denaro (una pagina del *Corriere* costa molto), per un'inchiesta che NON lo riguardava? È un mistero. Che tipo di mistero sarà? Un mistero stizzoso? Un mistero burbanzoso? Un mistero ansioso? Nell'impossibilità di classificarlo dobbiamo rassegnarci a considerarlo un mistero misterioso. Ci sono invece misteri talmente alti che, com'è noto, possono raggiungere il gaudio.

Oh Italia misteriosa, sfuggente patria della strage facile, come conoscere i tuoi segreti? Oh misteri dei ministeri, come scrisse uno scrittore, cosa deve fare un cittadino per sapere? Italia bella, noi crediamo nella Costituzione repubblicana, ubbidiamo alle leggi, non frodiamo il tuo fisco, non corrompiamo i tuoi giudici, non siamo stati al soldo di servizi stranieri: Italia mia, non apparteniamo a quella banda di stupratori che ti ha violentato, noi vorremmo sapere. A chi dobbiamo chiedere?

Ho chiesto alle cellule neofasciste venete: niente. Ho chiesto al signor Giannettini: non c'è. Ho chiesto a Stefano Delle Chiaie: non c'è. Ho chiesto a quelli del suo partito: niente. Ho chiesto al ministro Tanassi: è morto. Ho chiesto ad Andreotti: omissis. Ho chiesto al principe Junio Valerio Borghese: è diventato un arazzo. Ho chiesto al generale Maletti: ora è sudafricano. Ho chiesto all'ammiraglio Henke: defunse. Ho chiesto al ministro Rumor: silenzio di tomba. Ho chiesto a Ordine Nuovo, all'organizzazione di estrema destra Fenice, ai neonazisti nostrani: assolti. Ho chiesto al Piano Solo: era solo un piano. Ho chiesto al MAR, a Carlo Fumagalli, a Giorgio Zicari (giornalista del *Corriere* che sbatté in prima pagina i falsi mostri Valpreda e Pinelli): il *Corriere* lo licenziò perché era al soldo dei servizi "deviati". Ho chiesto a tutti quelli che stavano nel Palazzo, strage via strage: Brescia, Palermo, questura di Milano, treno Italicus, stazione di Bologna. Ho chiesto a Craxi: è morto in contumacia. Ho chiesto al senatore Napolitano se quando era ministro degli Interni avesse trovato un armadio girato contro il muro: pare di no. Ho chiesto ai generali dell'aviazione, se su Ustica sapessero qualcosa, essendo generali dell'aviazione: peggio che volar di notte. Ho chiesto a Berlusconi: lui, a quei tempi era troppo impegnato con Milano2 e P2. Ho chiesto di Licio Gelli: coltiva ortensie con enormi corolle. Ho chiesto della Banca Nazionale del Lavoro e di certi suoi funzionari allora in Argentina, e mi è stato detto: guardi, col generale Videla c'era confidenza, ma di più l'avevano l'ambasciatore d'Italia e il Nunzio Apostolico, che sono al corrente della disinfestazione fatta in Argentina, ma di stragi italiche nessuno sa nulla; ma perché fa tante domande, le pare il caso?

Mi sono chiesto: sarà che le stragi irritano? Per questo poi finisce che i famigliari delle vittime devono pagare le spese processuali, dopo aver rotto le scatole allo Stato per oltre trent'anni. Perché la pazienza dello Stato ha un limite, lo volete capire?

(*AM*, 2005)

Per chi ha scelto il Percorso A

Arrivati a questo punto andare avanti diventa troppo rischioso. Avete ormai visto le conseguenze di un mondo politico privo di idee, privo di passioni civili. I parlamentari, approvando le leggi, si sono convinti di essere al di sopra della legge, i nostri rappresentanti si sono convinti che il Palazzo in cui lavorano gli appartenga. Mentre fuori scoppiano le bombe. In uno scenario simile, soltanto una sosta presso il Garante può essere liberatoria. Saltate dunque alla ***Casella tredici*** *(Casella garante).*

Per chi ha scelto il Percorso B

Ogni qualvolta si cerchi di capire quale sia, in assenza di passioni civili, il motore della politica italiana, si deve ricorrere agli atti della Commissione Parlamentare Stragi. Da cui si evince che la loggia massonica di cui il venerabile Licio Gelli fu probabilmente solo il segretario, la P2, fu una delle responsabili principali delle stragi che in un passato recente hanno insanguinato il nostro paese. Per coincidenza molti personaggi del cosiddetto berlusconismo avevano in tasca la tessera della P2, ad esempio Berlusconi. Però non è da escludersi che si trattasse di un capriccio, perché i ricchi si sa, sono capricciosi e gli piace essere «In», *un* «In» *elitario, di una ristretta cerchia di amici. Ma anche la Storia è capricciosa, si sa. Ex piduisti sono arrivati al potere proprio quando il loro teorico si era ritirato a coltivare ortensie, e in un volumetto pubblicato a spese dei contribuenti, l'onorevole Tina Anselmi, ex presidente della Commissione sulla P2, viene definita «persona di astuzia contadina». Tale volumetto celebra il contributo delle donne nella storia italiana e l'onorevole Anselmi, «astuta contadina», vi si trova in compagnia di Rachele Mussolini,* grande dama italica. *Capricci della Storia, che in Italia coincidono spesso con quelli di certi eccentrici uomini ricchi. Tornate alla* ***Casella sette****.*

Casella dieci

La pagina delle lettere

Cara Lettera non firmata, mi scusi per questa risposta così tardiva. Chiedo la sua pazienza. Devo dire che trovo poco fini le proteste che ha inviato al direttore: prima di tutto perché la rubrica *Chiedete e vi sarà risposto* è affidata a una persona sola, e cioè al sottoscritto; e poi, anche se il mio discorso Le potrà sembrare strano, io non posso certo rispondere ai lettori prima che mi scrivano, non Le pare? Ma andiamo per ordine e veniamo al contenuto della sua lettera: il perdono. In essa Lei affronta questo tema, dimostrando ineccepibilmente che il mondo è malato perché ha perduto il senso del perdono. Su questo punto, cara Lettera non firmata, non solo sono d'accordo, ma Le esprimo la mia ammirazione e il mio entusiasmo. In questo terribile mondo dominato da feroci fanatismi e fondamentalismi, il suo "fondamentalismo positivo", se così posso chiamarlo, e cioè il perdono a ogni costo (o per usare la sua definizione, «il Perdono Assoluto»), è secondo me l'unico rimedio ai mali dell'umanità, alle ferocie di questo millennio moribondo, l'unico obolo con il quale, puri come fanciulli, potremo varcare le soglie del nuovo millennio. Mi auguro che la sua associazione, *Fate ciò che vi pare, noi vi perdoneremo comunque*, che oggi conta tra i suoi iscritti solo il suo membro fondatore, e cioè Lei, apparendo in questa mia rubrica seguita da milioni di lettori, crescerà come si deve. Ma veniamo alla proposta pratica che la sua associazione avanza, e cioè che gli Stati accettino, come fu chiesto dal papa, di *perdonare il generale Pinochet*. Non posso che essere d'accordo. Concediamo pure che il generale abbia massacrato alcune migliaia di persone e ne abbia torturate altrettante. Ma prima di tutto non lo ha fatto con le sue mani, e poi ha agito, come egli stesso afferma, per il bene del suo paese e forse del mondo. E poi, il generale è vecchio, e la vecchiaia merita rispetto. Per quanto riguarda poi la teoria un po' antiquata di Kant, che il vecchio merita rispetto solo se nessuna infamia ha macchiato la sua vita, essa è assolutamente vanificata dal principio della Sua associazione *Fate quello che vi pare, noi vi perdoneremo comunque*. Penso che il papa avesse ben presente questo principio quando, poco dopo la vittoria del generale sulle forze del Male, si recò in visita in Cile e apparve serenamente sorridente accanto al suo perdonato sul balcone presidenziale. Devo esprimere invece, cara Lettera non firmata, le mie perplessità sulla terza proposta, e cioè che il generale Pinochet venga beatificato. E non tanto perché io discordi sulle fondamentali virtù del beatificando, che Lei mette in evidenza comparandole a quelle di certi sant'uomini recentemente eletti dal Vaticano al ruolo di beati, ma per una questione puramente tecnica: che il generale non è ancora deceduto. Credo infatti che questa sia una condizione indispensabile alla beatificazione. Tuttavia io non sono un esperto di diritto canonico e La invito ad agire con prudenza. Concludo, cara Lettera non firmata, con un «arrivederci, caro collega». Da un anno a questa parte ho risposto, come convenuto, a tutte le lettere con cui mi hanno bombardato dalla stanza accanto. Ma ora francamente sono stufo. E, per di più, che tu pretenda insistentemente che io ti pubblichi una lettera che non mi hai ancora scritto, obbligandomi in questo modo a scrivermela da solo, beh, questo è davvero troppo. Da oggi cambio rubrica, inserendo una minuscola particella negativa al posto opportuno. Cordialmente Tuo: *Scrivete e non vi sarà risposto*.

© *EP* (*U*, 27.07.1999)

Per chi ha scelto il Percorso A

Ognuno ha le sue debolezze: al contrario di coloro che guardano con simpatia a Pinochet, ritenendolo un salvatore della civiltà cristiana, quando penso a questo generale massacratore mi vengono in mente le stragi che l'Italia ha subito nel periodo delle stragi. Anche perché dagli atti della Commissione Parlamentare Stragi risulta che i massacri subiti dagli italiani furono una miscela esplosiva, diciamo così, di servizi segreti nostrani, faccendieri, apparati delle forze armate, Cia e altra brutta gente. Esattamente come in Cile. Anche da noi, infatti, ci fu qualcuno che volle impedire che certe forze politiche arrivassero al governo. Con la pretesa di impedire ad altri, in nome dei propri interessi, il libero esercizio della sovranità popolare. Tornate alla ***Casella otto****.*

Per chi ha scelto il Percorso B

L'Onu ha istituito tribunali internazionali per giudicare i massacratori. Ma non tutti i massacratori, specie se massacravano per conto di grandi potenze, sono sotto giudizio, come nel caso del generale Pinochet, che ha ucciso e torturato migliaia di persone e che adesso è giudicato nel suo paese solo perché imboscò qualche milione all'estero: pinzillacchere. Ma l'Italia non è un paese sudamericano. La nostra democrazia è protetta da garanzie. Nel nostro paese esiste una vitalità di passioni civili, un attaccamento ai valori democratici e alla tutela della cosa pubblica come da nessun'altra parte. Da noi mai nessuno ha inteso la politica come affare privato. Per assicurarvi di questo, saltate alla ***Casella tredici*** *(Casella garante).*

Casella undici

Come scavalcare la nuova destra

All'indomani delle elezioni americane gli strateghi della sinistra italiana si sono messi a trarre lezione dal secondo mandato consecutivo di George W. Bush. Massimo D'Alema non ha tardato ad esprimere il suo punto di vista, invitando i suoi compagni di partito a uno sforzo «per comprendere la nuova destra», poiché, dice, «con certe forme di radicalismo, che un tempo avremmo definito piccolo-borghese, non si va da nessuna parte». E qui arriva puntuale l'invito a guardare al centro (o al "limbo") come possibile area di consenso onde pescare voti. D'Alema, poi, riferendosi a un qualcosa che definisce nebulosamente «certe forme di radicalismo» (suppongo si riferisca a tendenze e convinzioni di vaste aree della società civile che spesso trovano voce in artisti o intellettuali), ricorda che «tali forme una volta si sarebbero definite piccolo-borghesi». E qui il punto si fa dolente, quaranta o cinquant'anni dopo. È un ricordo che suona tristemente, perché «piccolo-borghese» era un epiteto infamante nell'Unione Sovietica del socialismo reale, nonché riservato a gente da disprezzare nel centralismo democratico di Togliatti. Vittorini era un "piccolo-borghese", così come tutti gli intellettuali, Calvino compreso, che nel '56, vedendo arrivare i carri armati russi in Ungheria, uscirono dal Pci fedele alleato del Cremlino. È l'eterno divorzio italiano, denunciato da Norberto Bobbio, della politica dalla cultura. O meglio, un'espressione del pensiero dominante secondo cui la politica deve essere relegata negli uffici della politica e affidata a dei custodi-funzionari: come se la politica non fosse essa stessa cultura, non fosse fatta di idee, di istanze, di modelli socioculturali. Da qui il sospetto per gli artisti, per gli intellettuali e per tutti coloro che pensano. Un modo tutto italiano di concepire la politica, lontanissimo dalla mentalità del Partito democratico americano, che non avendo nella sua tradizione il pensiero comunista del centralismo democratico ha sempre tenuto in gran conto i suoi intellettuali e i suoi artisti.

Kerry avrebbe dunque perso perché avrebbe dato retta a radicali "piccolo-borghesi" come Michael Moore. Si poteva mai sentire analisi più bizzarra? Ma ve lo immaginate il Partito democratico americano che mette al bando Susan Sontag, Norman Mailer, Philip Roth, Noam Chomsky, Michael Moore o tutti gli artisti che hanno rovesciato le carte di Bush, rivelato i suoi interessi nel petrolio, gli affari in comune tra la compagnia di suo padre e la famiglia bin Laden, la buia e reazionaria ideologia di cui si è fatto portatore? Con Bush ha semplicemente vinto John Wayne. La *nuova destra* è solo l'invenzione di pochi consiglieri che circondano il presidente e che raccolgono le idee e gli istinti di un'America di destra che è vecchia come il cucco. È la destra dell'intolleranza, del bigottismo, della ruralità, del cattolicesimo e del protestantesimo fondamentalisti: una destra che viene dritta dall'Ottocento, e basterebbe leggere i grandi scrittori americani per ritrovarvela. È la destra del *Velo nero del pastore* di Hawthorne, del *Billy Budd* di Melville, della Bibbia presa alla lettera che soffocò Emily Dickinson, della rigidità puritana contro cui si alzò la poesia di Whitman. Altro che radicalismo piccolo-borghese: in America hanno vinto le masse più incolte, insieme alla borghesia più ricca e più favorita dalle guerre di Bush. Ma allora, sviluppiamo fino in fondo il concetto che serpeggia in una certa sinistra, secondo cui per vincere le elezioni si dovrebbe fare una politica capace di sedurre l'elettorato di destra. Perché non scavalcare a destra la cosiddetta *nuova destra*? La sinistra potrebbe vincere davvero e proporsi come *nuova-nuova destra*. E starebbe proprio tranquilla: sarebbe al governo ma non la riconoscerebbe nessuno.

Per i lettori del Percorso A e del Percorso B

Avrete notato quanto la sinistra italiana tema Zapatero. Il motivo potrebbe sembrare misterioso, invece è molto semplice: Zapatero è un uomo di sinistra che fa una politica di sinistra. Perché per essere di sinistra bisogna fare *cose di sinistra. A differenza della nostra sinistra, Zapate-*

ro è convinto che i diritti siano davvero diritti e che essere di sinistra significhi tutelare il bene comune da certi interessi. Una delle sue principali preoccupazioni, perciò, è stata di ridurre le ingerenze della Chiesa cattolica nello Stato spagnolo. Ingerenze che sono secolari e che durante la dittatura franchista sfociarono in una complicità con il regime, in pratica ciò che si chiama «clerico-fascismo». È bene non dimenticare che durante la guerra civile il Vaticano si alleò con Franco, generale traditore che con un putsch militare aveva aggredito la Repubblica spagnola democraticamente eletta. È anche vero che l'appoggio del Vaticano al generale fascista durante la guerra civile provocò la morte di numerosi preti ubbidienti, che i repubblicani fucilavano in quanto traditori. Ma è anche vero che il Vaticano scomunicò tutti i preti baschi perché dopo il bombardamento di Guernica si erano schierati compatti con la Repubblica. I preti baschi non furono fucilati dai repubblicani; al contrario, molti di essi presero il fucile per lottare contro i franchisti. La Storia procede in questo modo, cari lettori, anche perché, come ha finemente osservato Iosif Brodskij, alla pari di noi uomini, anche la Storia non ha alla fin fine tante scelte. Per concludere: certe volte, nella vita, o da una parte o dall'altra. Non vi resta altro da fare che passare alla ***Casella dodici****.*

Casella dodici

Opus dei, Opus night

Sorprendenti le parole dell'onorevole D'Alema convenuto a San Pietro per la beatificazione di monsignor Escrivá de Balaguer. Parole di elogio non circa le capacità miracolistiche del monsignore, che è poi il motivo che consta nel processo di beatificazione degli esperti vaticani in materia, ma per l'attività mondana del sacerdote e la sua capacità di *manager* della religione vista da D'Alema come «la forza della fede di ramificarsi nella società che ha la Chiesa in tutte le sue espressioni, nei suoi movimenti, nei suoi uomini, nelle sue donne». Se l'onorevole avesse espresso ammirazione per gli interventi taumaturgici, e a quanto pare inspiegabili dalla medicina, del prelato spagnolo (e cioè che costui abbia guarito dal cancro un malato terminale o bloccato alla base della nuca di un poveretto un aneurisma diretto al cervello, come vuole il processo di beatificazione) non ci saremmo stupiti. Credere o meno ai miracoli riguarda unicamente il privato cittadino, e non l'uomo politico e pubblico. Del resto la volontà divina, per chi crede in dio, è misteriosa. E anche le preferenze che il padreterno possa accordare eventualmente a un monsignore Escrivá, collaboratore materiale del dittatore fascista Francisco Franco e apologeta del massacratore Pinochet, riguardano unicamente la coscienza del dio in questione. Non è un problema di nostra competenza: al massimo un agnostico potrebbe dire che nessuno è perfetto. Il leader della sinistra ha invece espresso un giudizio politico, elogiando il Balaguer che coniugando religione e banche, torturatori e sacramenti, Vangelo e società off-shore, ha saputo riportare nel tempio i mercanti cacciati da Cristo. Pinochet era indubbiamente un uomo che andava a messa, ma faceva fucilare in massa senza estrema unzione. Anche Francisco Franco: in Spagna si stanno ancora cercando trentamila persone sepolte in fosse comuni, fucilate a guerra civile finita perché fedeli alla Repubblica parlamentare che Franco aggredì.

Mi si dirà che ci sono cose più interessanti da fare che seguire le mosse di questo leader della sinistra, ma a volte ci assumiamo inspiegabilmente compiti ingrati. E anche faticosi, perché non è facile seguire certe mosse (ulivismo, antiulivismo, socialdemocrazia, riformismo, liberismo economico eccetera): si rischia di perdere il filo. Forse può orientarci una frase di Stefan Zweig, che, rispondendo allo stupore di un suo amico scandalizzato per il comportamento inspiegabile (e poi storicamente disastroso) di certi politici "progressisti" del suo paese, osservò: «Da quando in qua, nella prassi politica, i politici preferiscono le ragioni dell'etica alle ragioni elettorali?». Come che sia, osservare le dichiarazioni di un uomo politico di fronte a scelte fondamentali e non aggirabili (la guerra, i diritti, l'economia, i regimi politici) risulta di una qualche utilità: serve più di un programma elettorale a capire davvero la sua mentalità, le sue scelte di fondo, il suo sentire, le sue idee: il suo identikit ideologico è tutto lì. Ricordo l'accorata esortazione che un personaggio di Nanni Moretti rivolge al leader che sta partecipando a un programma televisivo. È diventata quasi una frase corrente: «Di' qualcosa di sinistra!». Appello sincero, forse irritato, e comunque speranzoso. Ma, visto col senno di poi, per come sono andate le cose in Italia, è come chiedere a un palombaro di parlare da astronauta.

© *EP* (*U*, 13.10.2002)

Per i lettori del Percorso A e del Percorso B

Santa Madre Chiesa, come in Italia viene chiamato lo Stato del Vaticano, quando vuole beatificare non sta a sentire nessuno. Perché ha le sue ragioni che sfuggono ai comuni mortali. Le ragioni della beatificazione di monsignor Balaguer restano dunque incomprensibili. Fu uomo che conobbe femmine, biblicamente parlando, lo sappiamo. Non rifuggì dalla corruzione personale, forse perché anche per lui, come per certi personaggi del nostro oggi, le buste piene di dollari avevano qualcosa di erotico, ma di un erotismo alto, come lo provavano i mistici, come certi santi che levitavano. In una politica priva di idee politiche, allora, monsignor Balaguer può diventare un modello per chi vuole favorire senza pie illusioni il proprio clan. Anche a sinistra hanno capito questo. Per noi comuni mortali Balaguer resta invece un uomo che ha fondato un'organizzazione terrena a base di banche, e che ha chiamato Opus dei. Resta un amico di Franco e di Pinochet. Ma anche papa Wojtyla amava Pinochet. Pronubo del loro tenero incontro a Santiago del Cile, sul balcone di quello stesso palazzo della Moneda che poco tempo prima il traditore Pinochet aveva bombardato, costringendo al suicidio Salvador Allende, eletto presidente della Repubblica con libere elezioni, pronubo di quell'incontro, dicevamo, fu il cardinale Sodano, grande faccendiere di Santa Madre Chiesa. Ma papa Wojtyla non era un povero sprovveduto, sapeva bene chi andava a visitare. E con quale sorriso gli si mise accanto, lasciando che il ge-

nerale assassino prendesse la sua santa mano fra le sue mani lorde di sangue per baciarla. Qualcuno penserà che stiamo vaneggiando. No: ci sono le fotografie. Perciò, poche storie e tornate alla ***Casella dieci****.*

Casella tredici

Casella garante

Illustre Garante, non è la prima volta che Le pongo questioni. Lei lo ricorderà, anche se di norma non risponde. Io sono un cittadino e Lei il presidente della Repubblica: interpellare il proprio presidente in una democrazia è cosa normale, almeno finché essa esiste. E Lei mi perdonerà il disturbo: se si è assunto l'onere di diventare presidente in una congiuntura storica come quella attuale, alla Sua venerabile età, senza nessuna carriera politica alle spalle, doveva proprio essere convinto del grave compito che si assumeva. Il Suo alto incarico, anche se in Italia vorrebbero farLa vivere in un empireo corrispondente a quello del papa dove la parola non è discutibile essendo dogma, prevede in una democrazia normale dei seccatori come me. La democrazia significa anche reciprocità: Lei è il garante della mia Costituzione, io ne chiedo conto. E dunque a mio modo divento garante di ciò che Lei deve garantire. Altrimenti, come diceva Paul Celan, chi testimonierebbe per il testimone? Lei ha funzione di garante. Perciò non posso ritenerLa estranea a ciò che è successo nel mio paese. A differenza di tutti coloro che vedono in Berlusconi l'unico protagonista di un'inquietante corrosione delle regole democratiche, io debbo constatare che ciò è avvenuto anche perché Lei ha firmato le sue leggi peggiori. Perché Lei *ha consentito*, presidente. E senza il Suo consenso una grande parte di ciò che è stato fatto non esisterebbe. La sua cosiddetta *moral suasion* ha dato i frutti che abbiamo sotto gli occhi. Quando Berlusconi ha assunto la presidenza del semestre italiano all'Unione Europea vi è arrivato illibato da una legge palesemente anticostituzionale che lo rendeva immune da gravi reati perseguiti da un tribunale della Repubblica e che Lei prontamente ha firmato. E che non si sa se voluta da lui o da Lei (a una radio francese Berlusconi ha affermato che questa legge l'ha voluta proprio Lei, presidente, eventualmente spiegatevi fra di voi). Secondo Lei, Berlusconi avrebbe dovuto farci fare «bella figura» in Europa. Un tipo come Berlusconi, che viene da lontano, sa come cavarsela in certe situazioni. Conosciamo la sua biografia. Non mi dispiace affatto, illustre presidente, che i Suoi sforzi per farci fare «bella figura» abbiano avuto un esito così disastroso. Berlusconi nell'assumere la presidenza semestrale dell'Italia si è espresso con una piazzata, peggio di un sensale in una fiera di paese. E con il fine senso storico che lo contraddistingue, ha evocato Auschwitz al deputato tedesco Schulz che si era permesso di ricordargli una regola vigente in tutta l'Europa: che la legge è uguale per tutti. Fatto che solo in Italia, signor presidente, è del tutto secondario, come del resto la Sua firma al lodo Schifani attesta. Evidentemente nel suo discorso da statista, il cavalier Berlusconi era forte del fatto che ad Auschwitz l'Italia ha dato solo un piccolo contributo (qualche migliaio di vittime), grazie alle leggi razziali che Vittorio Emanuele III firmò prontamente al cavalier Mussolini. Lei queste cose Le saprà meglio di me. Altrimenti glieLe avranno raccontate gli eredi di Vittorio Emanuele III che ha recentemente ricevuto in un solenne cocktail offerto al Quirinale (mi scusi se qui abbasso il livello, illustre presidente della Repubblica italiana: lo sa che i soldi con i quali Lei offre i ricevimenti ai Savoia sono anche miei, e di tutti i cittadini italiani contribuenti?). Berlusconi ci va giù duro. È entrato nella nostra Unione Europea come certi kamikaze che salgono in un autobus indossando una cintura di tritolo. Mi chiedo concludendo: ma per chi lavora Berlusconi?

(*IM*, 04.07.2003)

Per i lettori del Percorso A e del Percorso B

Abbiamo visto la politica svuotarsi di passioni civili per diventare terreno di scontro fra interessi privati. Abbiamo visto il capo credersi la legge e i suoi servi credersi al di sopra della legge. Anche questa volta la Casella garante vi ha permesso di compiere un salto per cambiare di giro. Ma la porta è ora aperta al regime. Quando il senso del diritto langue, è il rischio della dittatura. Homo homini lupus, *diceva Hobbes. Una deriva favorita volontariamente o involontariamente da chi non ha difeso le istituzioni e dai revisionisti della Storia. Se volete vedere come certi personaggi, cancellando il passato, ci preparano a un ritorno dei suoi momenti peggiori, seguite il* ***Percorso A*** *e passate alla* ***Casella quattordici****. Se invece volete appurare come nelle stanze del potere si sia tentati dal ritorno del regime, scegliete il* ***Percorso B*** *e saltate alla* ***Casella diciannove****.*

TERZO GIRO

Il regime

Ove si parla di generali fedeli al proprio putsch, di forni che hanno incenerito l'Europa, di una famigliuola che fa ritorno al proprio nido, dei capricci del Tempo e dell'insuperabile primato della Servitù volontaria.

Casella quattordici

Francamente Franco

Una scoperta rivoluzionaria sta percorrendo in Italia la storiografia da quotidiano: Franco fu uno statista lungimirante, il franchismo non fu affatto un regime fascista e soprattutto ebbe un gran merito, fermò la diffusione del comunismo in Occidente. Questa tesi *nuovissima*, che chi conosce il mondo iberico leggeva negli storici di regime in Spagna e in Portogallo negli anni Cinquanta e Sessanta, viene seriamente affermata oggi da Sergio Romano, ambasciatore rientrato della Repubblica, passato ad occuparsi di Storia sul *Corriere della Sera*. Naturalmente si sono risentiti molti intellettuali che hanno l'età e la cultura sufficiente per capire. Anche il dottor Romano avrebbe l'età sufficiente, ma forse è vittima di un eccessivo eclettismo. Tempo fa ha scritto un pamphlet dal titolo *Lettera a un amico Ebreo* ove egli si chiede pensosamente perché gli Ebrei fossero risultati così poco graditi nella Germania hitleriana (e perché altrove possano risultarlo ancora oggi), arrivando alla conclusione che essi occupano attualmente i posti più importanti nelle banche e nelle università del globo, e che l'ebraismo «è una delle religioni più retrograde dell'Occidente». Ora, con l'agilità di chi pratica religioni più moderne, egli sposta la sua attenzione dal Terzo Reich al franchismo con questa tesi abbagliante.

Si sa che negli ultimi anni della sua vita, Primo Levi, anche se si rifiutava per decenza di discutere con i portatori delle tesi revisioniste più grossolane, ne era molto angosciato. Ma chi ha avuto la fortuna di non essere stato internato ad Auschwitz, può anche permettersi di replicare a tali teorie, mettendone in evidenza il lato dozzinale. E visto che ambasciator non porta pena, mi corre l'obbligo di portare in Italia i "saluti romani" che il franchismo coltivò con passione. Vorrei scegliere proprio un libro spagnolo: un volume fotografico organizzato e commentato da un grande storico della fotografia, Publio López Mondéjar: *Photographie et Société dans l'Espagne de Franco* (Lunwerg editores, Barcellona 1996). È un volume con oltre trecento fotografie che vanno dal '39 al '77, dalla presa del potere di Franco alla fine della dittatura. Quasi quarant'anni di storia ritratti da anonimi reporter, da dilettanti, o da grandi fotografi spagnoli e stranieri. Difficile scegliere, in queste immagini quarantennali, i saluti romani più significativi. Forse i due bambinelli poveri con grembiulino e cesta di paglia, di spalle su un marciapiede polveroso mentre salutano romanamente un manifesto di Franco, *caudillo de Dios y de la patria*? Oppure le braccia tese della piccola folla che fa ala al falangista vestito di nero davanti all'atroce monumento appena inaugurato per *Los Caídos por Dios y por España*? O il solenne gruppo di vescovi, generali di brigata, ammiragli di marina e accademici che in un salone di Barcellona, nel 1943, rivolgono il loro saluto fascista verso noi che li guardiamo? Oppure il tripudio di braccia stese dai finestrini del treno, alla stazione di Madrid, dell'eroica Divisione Azzurra che andava a restituire a Hitler i favori ricevuti per i bombardamenti sulle città basche fedeli alla Repubblica?

Ma basta. È avvilente dover perder tempo per spiegare che il fascismo era fascista. Lascio che siano le stesse fotografie a parlare, visto che in Italia si sta facendo ciò che i funzionari del regime stalinista facevano sulle fotografie con le forbici, tagliando volti e atteggiamenti non graditi. Si vuole recuperare Franco, ma si vogliono tagliare le braccia del suo storicissimo saluto romano, forse perché considerato poco elegante. Nossignori: con il bambino l'acqua sporca. Che è tanta. Questo è un invito a Publio López Mondéjar a pubblicare anche in Italia le sue fotografie. Altrimenti di questo passo gli italiani sentiranno dire presto che il saluto romano era un gesto sublime di suonatori d'arpa, la garrotta un idillico gioco da salotto, le fucilazioni un balletto in costume e la censura un paterno consiglio. Si udrà una musica celestiale e proveremo tanta nostalgia per la perduta arcadia della Spagna franchista.

Per i lettori del Percorso A e del Percorso B

Ma se si può arguire da quale tipo di Weltanschauung provenga il "pensiero" dell'ambasciatore, di diversa estrazione parrà un altro tipo di rivisitazione del passato, forse più italiano, più domestico, più benevolo. Perché anche con il perdonismo italico i criteri della Storia vengono fatti fuori. E quando si rompono le uova per fare una frittata c'è poca differenza se sono biologiche o d'allevamento: la frittata è fatta. Saltate alla ***Casella sedici****.*

Casella quindici

Servi loro

I servi. Cosa ne sarà dei servi? Di noi, lo sappiamo. Siamo uomini incerti, sicuri per un attimo, ma di norma perplessi, anzi, indecisi, pronti a contraddirci, a inciampare miseramente nel pensiero che appena ieri pareva darci sicurezza. Un dubbio ci perseguita: sarà proprio così? Ma no, avevamo preso una cantonata. E subito dopo: e se invece fosse proprio così? Talvolta, raro, uno squarcio si apre: ah, abbiamo capito. Ma più spesso siamo al buio, procediamo a tentoni, ci pare insensato tutto, anzi, più che tutto, il mondo, anzi, più che il mondo, l'universo, anzi più che l'universo, noi stessi. E allora, dàgli con le eterne domande che ci eravamo ripromessi di non farci più. Perché, arrivati a una certa età, certe domande non te le puoi più fare, non è serio. Ma che senso ha tutto ciò? Cosa ci faccio qui? E se cambiassi tutto proprio ora? E se fossi sempre in tempo? E se... e se. Il mento appoggiato alle mani, i gomiti sul tavolo, lo sguardo perso oltre la finestra, a guardar lontano senza vedere nulla: ce la faremo a passare il pomeriggio? Oltretutto è domenica. Che fatica, i dubbi! E invece, i servi, loro! È pur vero che esistono da quando esiste il mondo, immutevoli come apparvero il primo giorno della creazione, quasi affermassero l'immutabilità dell'Essere; ma ci sono momenti in cui abbondano, come certe annate per le arance. Hanno in mano la Storia. Perché, contrariamente a quello che si pensa, non sono i padroni che creano i servi, sono i servi che creano i padroni. Ne hanno bisogno come linfa vitale per poterli sconfessare al momento opportuno, e così eleggere un altro padrone per poi sconfessarlo ed eleggerne un altro e un altro ancora e ancora, all'infinito, così potranno continuare a essere sempre servi. I padroni, invece, sono caduchi.

Giorni fa guardavo in televisione alcune manifestazioni contro la guerra, indette in vari paesi del mondo. Erano scesi nelle strade ovunque. Erano milioni di persone. Si vedevano riprese dall'alto ed erano tanti puntini. Quanta gente, pensavo, e ogni persona una testa diversa, come diceva mia nonna, e tutte quelle persone erano lì, tutte assieme, nelle loro diverse città, perché pensavano la stessa cosa. Che strano, pensavo io, pensano tutti la stessa cosa che fra l'altro penso anch'io. E pensavo anche che se uno di quei milioni di puntini, uno qualsiasi, dove fosse fosse, a Tokyo o a Parigi o a Melbourne, aveva male a un piede, sentiva lo stesso dolore che sento io se ho male a un piede. E questo indipendentemente dalla lingua che parla, dal colore della sua pelle, dalla sua religione e dalle sue abitudini alimentari. Tutte cose che sapevo già, naturalmente, ma che in quel momento ho sentito come non mi era mai capitato. E in quello stesso momento ho chiuso gli occhi e ho visto uno scoppio. Il Grande Scoppio. Nel bagliore di un attimo il dio distruttore ha annientato quel mondo che un dio creatore aveva impiegato sei giorni a impastare, come un Big Bang alla rovescia: il Big Flop. Non c'era più nessuno. Anch'io non c'ero più, anche se potevo ancora vedere il mondo. Liscio, levigato, silenzioso, coperto di talco. Di umani nemmeno l'ombra: milioni di anni buttati via. O meglio, qualche ombra sulle pietre, come quella soglia di marmo che avevo visto a Hiroshima, dove una persona, liquefacendosi, ha lasciato sulla soglia di casa l'impronta del suo corpo indelebile e transustanziata nel minerale come l'orma di una farfalla fossile. Così eravamo finiti tutti noi: ombre su pietre. E mentre dall'osservatorio dell'aldilà osservavo la terra desolata, all'improvviso un'idea è sopraggiunta. No, non era possibile che tutto fosse finito nel nulla. Forse c'era una speranza: i servi. Essi non moriranno con noi. A loro modo sono già morti, e dunque sono immuni. Si sono già suicidati, come i kamikaze il cui suicidio avviene prima di far scoppiare la cintura di tritolo, al momento di indossarla. E questa premorte assicura loro una ontologica sopravvivenza, quella stessa che li ha resi imperescibili, dagli Assiro-Babilonesi all'era atomica. E allora, come portata da una disperata epifania, una convinzione di speranza per l'umanità è nata dalla visione delle scorie radioattive. Servi, oh servi, ho pensato, forza, avanti!, la continuazione della specie è affidata a voi! Ora capisco perché potevate farvi beffe di coloro che temono l'apocalisse: grazie al Grande Scoppio, disintegrandomi, mi sono integrato; l'apocalisse non è uguale per tutti, sarà solo parziale, voi perpetuerete la stirpe di Caino. Il Giudizio Universale era solo una favola: gli uomini sono eterni. E la nostra eternità è affidata a voi.

© *EP* (*U*, 28.02.2003)

Per i lettori del Percorso A e del Percorso B

Santayana ha scritto che «coloro che non si ricordano del passato sono condannati a ripeterlo». La Storia è memoria. E senza la memoria non c'è neppure futuro. E la nostra vita di persone e di cittadini rischia di somigliare a certe notti in cui ritorna sempre lo stesso identico incubo. Saltate alla ***Casella venti****.*

Casella sedici

Auschwitz è un'idea come un'altra

Tra i tanti temi su cui Adriano Sofri è intervenuto negli ultimi anni c'è anche il cosiddetto "negazionismo" dello sterminio di circa sei milioni di Ebrei e due milioni fra Zingari e omosessuali che la Germania nazista, con la solerte collaborazione di altri paesi europei fascisti dell'epoca, ha compiuto mezzo secolo fa. Quel "fatto", che il filosofo Vladimir Jankélévitch ha definito l'Indicibile, e che la giurisprudenza internazionale ha dichiarato «imprescrittibile», non si affronta certo in un breve articolo, né desidero seguitare una polemica, come era intestata la rubrica di Sofri («Idee infami ma Irving va liberato», *la Repubblica*, 19.11.2005), perché non è certo con polemiche che si tratta quella mostruosità, ma piuttosto con le leggi del diritto che l'Europa si è data e che la difendono da una possibile ricaduta in quel cancro spaventoso da lei prodotto nel passato recente. A Sofri avevo già replicato per un argomento analogo, allorché chiese indulgenza per Priebke perché vecchio: come se i boia invecchiando migliorassero. Ma se allora la sua posizione poteva essere il risultato di un malinteso senso di pietà, oggi le sue parole mi paiono fondate su un equivoco che è opportuno disfare.

Nel caso specifico l'equivoco riguarda lo storico David Irving, arrestato in Austria in base a una legge che vieta la propaganda nazista e antisemita. Irving è un «negazionista», come vengono chiamati gli ideologi che negano l'esistenza dei campi di sterminio da essi definiti «un'invenzione della propaganda giudaica». Il fatto che costoro possano avere ricevuto la patente di storici da una qualche università non li rende migliori di quello che sono: del resto la laurea in medicina non fece certo di Mengele un medico (o almeno non risulta che abbia mai curato nessuno). Irving aveva da tempo un mandato di cattura in Germania e in Austria; lo ha eluso per andare a rinfocolare gli animi e le intenzioni della feccia neonazista «ai cui circoli iniziatici», secondo Sofri, «s'era largamente ridotta la sua voce, come nel caso della Burschenschaft che l'ha invitato in Austria, dando a un vecchio ordine di cattura l'occasione di scattare e al pubblico la pena di risentire la sua propaganda». Trovo curiosa la versione dell'avvenimento. La Burschenschaft, cioè i covi neonazisti, diventano «circoli iniziatici», un ordine di cattura è definito «vecchio» quasi avesse una data di scadenza come il latte, e il pubblico ha «la pena di risentire la sua propaganda». Io, che sono il pubblico, quella propaganda l'ho sentita pochissimo. Nei giornali non italiani che leggo qui dove mi trovo (*Le Monde*, *El País*, *Herald Tribune*), la notizia era data sbrigativamente, con un accenno sprezzante a Irving e alle tesi che sostiene. L'unico articolo clamoroso era quello di Adriano Sofri. Del resto Sofri, che probabilmente legge più giornali di me, è costretto a contraddirsi: «La circostanza dell'arresto di Irving, e la sordina con cui è avvenuto, risollevano la questione austriaca». Mi pare che l'articolo di Sofri, più che quella austriaca, risollevi la questione italiana.

Ma l'equivoco più significativo viene probabilmente da una dichiarazione di Sofri, di per sé nobilissima, secondo la quale «nessuno debba essere perseguito per le sue opinioni». Sono uno scrittore, e questo principio mi sta a cuore sul serio. Certo, se un romanziere desideroso di pubblicità scrive che gli Islamici sono stupidi, la sua è un'opinione stupida, ma è un'opinione. Se una giornalista livorosa scrive che gli Arabi sono bestiali per natura, è un'opinione sinistra, ma è un'opinione. Se io scrivessi che gli Ebrei vogliono dominare il mondo, esprimerei un'opinione assurda e antisemita, ma pur sempre un'opinione. Ma Auschwitz *non è* un'opinione. Sei milioni di Ebrei annientati nei forni crematori non sono un'opinione. Sono *un fatto*. E gli storici che negano questa realtà hanno uno scopo ben preciso: creare i presupposti per realizzarne una seconda, possibilmente "finale".*

(20.11.2005)

* Testo inedito. A causa di una grave malattia che ha colpito Sofri alla vigilia della mia replica, ho preferito non pubblicarla in quella circostanza.

Per i lettori del Percorso A e del Percorso B

In un paese cattolico come il nostro si tende spesso a confondere la democrazia con il principio evangelico del porgere l'altra guancia. Ma la democrazia non è tolleranza della libertà altrui, è rispetto della libertà altrui, è diritto capace di garantire e di delimitare la libertà di ciascuno. Essere democratici, allora, non significa neanche tollerare gli abusi commessi dagli altri o accettare che qualcuno, grazie alla democrazia, divori la democrazia che gli consente di agire. Perché se egli lo fa, vi priva di democrazia. Se qualcuno dicesse, poniamo, che il lettore che ha scelto il percorso A è inferiore a quello che ha scelto il percorso B, meritando per questo di essere soppresso, la sua non sarebbe libertà di opinione ma istigazione all'omicidio. Per questo, dopo Norimberga, l'Occidente si è dato leggi che vietano la propaganda razzista e l'apologia del nazifascismo, viste come istigazioni alla violenza e al genocidio. Ma forse c'è qualcuno che vorrebbe lo dimenticassimo. Per questo è bene vigilare. *Passate alla* ***Casella diciassette****.*

Casella diciassette

Tormentoni

1. L'Occidente ha inventato la democrazia diversi secoli fa, prima che nascesse Cristo e che affermasse l'uguaglianza degli uomini. Ciò avveniva in Grecia, ad Atene.
2. L'Occidente ha passato molti secoli a calpestare ciò che aveva inventato in Grecia diversi secoli prima.
3. Dopo aver inventato la democrazia, l'Occidente ha inventato le guerre di religione, le crociate, l'Inquisizione, lo schiavismo, Auschwitz e la bomba atomica.
4. Dopo la carneficina della Prima guerra mondiale, l'Occidente ha fatto credere ai nostri progenitori che ormai ci sarebbe stata la democrazia, e che potevano avere fiducia nel nuovo ordine internazionale.
5. Potevano i nostri genitori avere fiducia nella Società delle Nazioni? Bisognerebbe chiederlo ai sei milio-

ni di Ebrei morti ad Auschwitz e nei campi di concentramento, a tutti gli Zingari morti ad Auschwitz e nei campi di concentramento, a tutti gli omosessuali morti ad Auschwitz e nei campi di concentramento, a tutti gli handicappati morti ad Auschwitz e nei campi di concentramento, e non so a quanti prigionieri politici morti nei gulag staliniani e ai morti di Hiroshima e Nagasaki. Ma i morti non rispondono, i morti sono silenziosi.

6. Dopo il 1945, ci è stato detto che la nostra democrazia era cresciuta, e che era nato un nuovo ordine internazionale, garantito dalle Nazioni Unite.

7. Il presidente degli Stati Uniti, George W. Bush è un uomo frettoloso. Ha deciso che avrebbe portato la sua democrazia nel mondo. E ha deciso che per fare questo poteva prescindere dalle Nazioni Unite.

8. Il presidente degli Stati Uniti ha effettivamente abbattuto un tiranno. Sostiene di aver portato la democrazia in Iraq. Però è stato frettoloso. E anche violento.

9. Per instaurare la sua democrazia, il presidente degli Stati Uniti ha aggredito un paese e lo ha massacrato.

10. Domanda: gli Stati Uniti possiedono armi di distruzione di massa? Gli osservatori delle Nazioni Unite hanno già proceduto ad alcune ispezioni?

11. Mi torna in mente un film di Stanley Kubrick, *Il dottor Stranamore*. Vi immaginate che cosa accadrebbe se a Bush venisse in mente di imitarlo? Il presidente Bush ha poche idee, e appena gliene viene una in mente passa subito all'azione.

12. Assistere alla distruzione del palazzo del tiranno Saddam Hussein è stato per me un piacere. Ma perché gli Stati Uniti, alcuni anni fa, hanno distrutto il palazzo presidenziale di Salvador Allende?

13. Pochi anni or sono, il presidente degli Stati Uniti e Saddam Hussein erano amici, e chissà perché questa amicizia si è deteriorata. Ve lo siete mai chiesto?

14. Oltre che nel proprio, il presidente degli Stati Uniti sta attirando i kamikaze nei nostri paesi. Forse non se ne rende conto, ma questo potrebbe essere il prezzo da pagare per aver mandato l'Onu in vacanza.

15. Non è carino che il presidente degli Stati Uniti stia attirando dei kamikaze anche nel nostro Occidente che

ha inventato la democrazia. Ma forse è necessario inventarla di nuovo, la democrazia, perché quella che abbiamo oggi si è guastata. Vogliamo provare a reinventare la democrazia? Proviamo a pensarci. In fondo, la democrazia appartiene a tutti noi, e non solo al presidente Bush.

© *EP* (*U*, 13.04.2003)

Per chi ha scelto il Percorso A

Vi ricordate come scattava in avanti il braccio artificiale del dottor Stranamore, lo scienziato nazista riciclato del film di Kubrick, appena qualcosa gli ricordava morte, distruzione e annichilimento? La gag, si narra, fu improvvisata dal geniale Peter Sellers, che con quella trovata voleva sottolineare il riflesso condizionato, il cane di Pavlov che vi azzanna non appena arriva il segnale convenuto. Il mondo pare sull'orlo di un vulcano, minaccia di precipitare nella lava ribollente. Dopo la battaglia, nelle stanze dello Stato si sono asserragliati i potenti che hanno saputo prevalere sugli altri potenti. E per mandare i poveri cittadini a morire per i propri interessi, li convincono che la guerra e la morte sono belle. Per George W. Bush sembra una stimolante avventura. Per noi cittadini europei, invece, le guerre sono una vecchia storia. E una brutta storia. Forse sarebbe il caso di riflettere sui concetti di nuovo *e di* vecchio. *C'è qualcosa di nuovo sotto il sole? Oppure l'uomo non fa che ripetere sempre gli stessi errori? Il braccio artificiale del dottor Stranamore sembra scattare di nuovo in avanti come un giavellotto. Saltate alla* ***Casella diciannove****.*

Per chi ha scelto il Percorso B

Le dittature, i regimi con i loro orrori, le carneficine, le ingiustizie non sarebbero possibili in assenza di servi, del kapò che tortura nei campi o del cortigiano che spiana la strada al suo capo. Che si trattasse di Cesare, di Eliogabalo o di Berlusconi, al loro fianco ci furono sempre servi. La Storia si dipana cambiando gli attori ma conservando sempre le stesse terribili maschere. Tornate perciò alla ***Casella quindici****.*

Casella diciotto

Mea culpa

Chiedo scusa agli Ebrei se i discendenti dei Savoia, che stanno per rientrare in Italia, non hanno mai chiesto scusa agli Ebrei. Chiedo scusa agli Ebrei se l'onorevole Gianfranco Fini ha chiesto scusa agli Ebrei a nome di tutti gli italiani, cioè anche a nome dei martiri di Marzabotto, delle Fosse Ardeatine e di Sant'Anna di Stazzema. Chiedo scusa agli Ebrei se un folto gruppo di facitori d'opinione ha lodato le scuse dell'onorevole Fini agli Ebrei a nome di tutti gli italiani, cioè anche a nome delle migliaia di Ebrei italiani che subirono le leggi razziali di Mussolini e di Vittorio Emanuele III di Savoia. Scusate, Ebrei, l'Italia è piena di fascisti. Ma non tutti gli italiani lo sono.

(*U*, 03.10.2002)

Per i lettori del Percorso A e del Percorso B

*E ora, dritti alla **Casella ventuno** (Casella garante).*

Casella diciannove

O tempora, o mores!

La Storia accade nel tempo. La Storia, almeno come noi la concepiamo, è la narrazione di una serie di avvenimenti situati nel tempo. Ma cos'è il tempo? Oggi, grazie agli scienziati, abbiamo una certa definizione di spazio e di materia, ma del tempo continuiamo ad avere un'idea molto vaga. Di questa creatura misteriosa conosciamo alcune abitudini: la non reversibilità (che però non è certa), i suoi commerci con lo spazio, la sua relatività. E soprattutto abbiamo imparato a prendergli le misure, almeno alcune, tipo sarti che si adattano ai capricci corporei del cliente: il tempo delle stagioni, il tempo dei vari calendari o il tempo astronomico, fatto di anni percorsi dalla luce. Ma di questo nostro coinquilino esistenziale, che non sappiamo se stiamo attraversando o se sia lui che ci attraversa, non conosciamo il volto. È come il gatto del Cheshire di *Alice nel paese delle meraviglie* che, scomparendo, di sé ha lasciato un sorriso, senza il gatto. Ammesso che di sorriso si tratti, perché non è detto che sorrida sempre. A volte ghigna, o peggio.

«Brutti tempi», si sente dire. Oppure: «Tempi bui, tempi da cani». «Ah, les beaux temps», sospira una signora di Beckett immersa fino al collo nella spazzatura. Il tempo di Bergson. Il tempo di Proust: milioni di parole alla ricerca del tempo perduto, impresa più eroica dei chilometri di tunnel e di tubi scavati dagli scienziati sotto la Svizzera per misurare l'infinitamente piccolo della materia. Tempo ritrovato? Forse. Ma quando la ritrovi, quella strana creatura non è più fresca. È già un'altra cosa: è memoria, che è una sua modifica.

Ci sono avvenimenti del corso del tempo che si prestano a equivoci. Per la loro rilevanza inducono a identificare le nostre storie e la Storia col Tempo. Tali momenti sono chiamati «date epocali». Questi avvenimenti, cioè, sembrano non essere creature nel tempo, ma creature che hanno il potere di comandare il tempo, di dirigerlo, di appropriarsene, di farlo loro. È come se con loro (o per loro) il Tempo si fosse rotto, e fosse dunque necessario rimetterlo in movimento, caricare di nuovo l'orologio. Come dice Keynes, «L'inevitabile non accade mai, l'inatteso sempre». Forse che il mondo pagano si aspettava che nascesse il Cristo? Forse che l'Impero romano si aspettava che arrivassero i barbari? Forse che la Chiesa di Roma si aspettava che nascesse Lutero? Forse che lo zar si aspettava l'assalto al palazzo d'Inverno? Forse che la Spagna repubblicana si aspettava l'invasione marocchina del generale Franco? Forse che gli Stati Uniti si aspettavano l'attacco di Pearl Harbor? E forse che i giapponesi si aspettavano le bombe atomiche su Hiroshima e Nagasaki? Forse che il presidente George W. Bush si aspettava che i terroristi abbattessero le due torri del World Trade Center? Come scriveva un umorista inglese, ciò che frega il giocatore di golf non è il prato, è la buca non prevista. E l'umorismo nero del gelido scrittore si può applicare alla Storia: ad un certo punto, tutti gli ignari giocatori che tranquillamente camminavano sul *gazon* della Storia, convinti che il numero delle buche del gioco fosse quello indicato nel regolamento, hanno trovato una buca inattesa. Non inevitabile, magari, se fossero stati più attenti ai segnali di allarme che pure giungevano loro. Ma si fidavano troppo del *gazon*. Il problema era nell'aria, come si dice. Solo che le buche stanno per terra. Nell'aria ci sta il Tempo, per terra la Storia.

Con lo spalancarsi improvviso della buca, sorge inevitabilmente un apposito segnalatore. E decreta che quella è la buca primordiale. Prima di essa nulla esisteva, tutto comincia ad esistere dopo quella buca, perché essa segna un tempo speciale, *l'annus mirabilis*. Il professor Francis Fukuyama ebbe fretta, nel 1989, a decretare che la Storia era finita con il crollo di un muro. Oggi, di fronte a un'amministrazione americana che ha fatto capire che per lei la Storia si è fermata l'11 settembre 2001, e che da lì comincia una nuova Storia, il professore americano ci appare come un profeta che avesse annunciato l'era cristiana individuando come Cristo un suo cugino nato in Egitto qualche anno prima.

Napoleone ha detto che quando si fa una rivoluzione bisogna dimenticare tutto. Questo «tutto» a cui si riferisce è naturalmente tutto ciò che precede Napoleone. Napoleone, nel far erigere statue, non era interessato tanto a "monumentalizzare" se stesso, egli intendeva soprattutto "monumentalizzare" il Tempo, trasformare il Tempo nel "tempo di Napoleone". La monumentalizzazione del Tempo, oltre al dominio della parola, è la preoccupazione di ogni regime di qualsiasi ideologia nel corso della Storia, dall'imperatore Costantino ai giacobini, da Stalin al Terzo Reich, da Mussolini a Ceausescu. Nella genetica dei regimi c'è come l'impronta imprescindibile di un *Termidoro platonico*, se così posso dire, una sorta di idea innata e basica: ricominciare da zero. L'unico sistema politico che non ha mai eretto statue al proprio tempo è la democrazia: non esistono "statue" del tempo democratico.

Ma ricominciare da zero significa per forza dimenticare il tempo precedente. Al Nuovo Assoluto è indispensabile la cancellazione del passato, o perlomeno dare a intendere che il passato non conta più. E la cancellazione del passato significa oblio. Per lo zero conta solo lo zero, cioè la data dalla quale si comincia da zero: il livello zero. *Ground zero*. Anche negli Usa alcuni hanno voluto fare dell'11 settembre una data zero, il *ground zero* appunto da cui saremmo potuti ripartire. E Auschwitz, Sobibor, Belzeck, Treblinka, le fosse comuni riempite di migliaia di corpi, le docce il cui shampoo era lo Ziklon B, i forni crematori, gli scheletri umani terrorizzati aggrappati ai fili spinati, non avrebbero meritato tutti la definizione di *ground zero*? E Hiroshima e Nagasaki? Alle ore 8,15 del 6 agosto del 1945, la prima bomba atomica usata come arma di distruzione di massa cadde su una città del nostro mondo, annichilendo quella città e causando la morte di oltre duecentomila persone. L'Occidente, che ha visto accadere nel ventesimo secolo l'evento più atroce della sua storia, non ha cominciato a contare con un altro calendario a partire da quell'evento. L'anno zero non c'è stato, neppure virtualmente, come sarebbe stato più che plausibile facesse. *Germania anno zero* è rimasto il titolo di un grande film di Rossellini, ma la Germania, e con lei tutta l'Europa implicata in questo orrore, ha cercato di ricostruire la propria civiltà dalle proprie rovine, sapendo che fra le macerie si trovavano mescolati l'eugenetica e Kant, Thomas Mann e Goebbels. Si trattava di scartare ciò che era nocivo per il ripristino di un terreno percorribile. Diciamo che nel suo prato c'era una buca orrenda, le fosse comuni. Ma non ha buttato via il prato con la buca, non ha buttato via Kant con Goebbels. Perché sa, anche se c'è stato un momento in cui Goebbels ha sconfitto Kant, che i Goebbels possono essere sconfitti solo da Kant. Sarebbe stato terribile se per combattere Goebbels avesse fatto propri i suoi stessi metodi.

Ciò che accade nel Tempo è irrimediabile. Ma ciò che accade prima del Tempo e contro il Tempo è beffardamente irrimediabile. Bush si è impadronito dei morti dell'11 settembre per provocare altri morti e la più allarmante dimostrazione dell'uso che il presidente americano intende fare del Tempo è la messa in pratica della sua teoria di *guerra preventiva*. La storia degli uomini è segnata da ogni tipo di guerra, ma ancora non si era arrivati a elaborare un concetto come questo. Eravamo abituati a misurare le nostre sciagure con un periodo prebellico o un periodo postbellico. Qui siamo a guerre che vengono fatte *prima*. Prima di cosa? Le motivazioni con cui gli Stati Uniti hanno mosso guerra all'Iraq si sono dimostrate delle menzogne. E del resto sono cambiate più volte: dalla ricerca di armi di distruzione di massa, rivelatesi inesistenti, gli Stati Uniti sono passati alla pretesa di restituire quel paese alla democrazia. Dopo aver clamorosamente fallito nella cattura del responsabile del mostruoso attentato, nonostante il bombardamento a tappeto dell'intero Afghanistan, sono passati al secondo livello della nuova Era, l'era in cui la concezione della democrazia secondo la visione che di essa ha Bush sarà imposta al mondo. Sui gravi sintomi di malattia di tale democrazia ci sarebbe molto da dire. Credo sia urgente invece, per concludere, verificare come dopo l'11 settembre, in virtù di quell'evento, gli Stati Uniti abbiano cercato di imporre all'intero globo un «Ministero della Verità», sul modello di un celebre romanzo di Orwell alla cui base c'è la costante cancellazione e ricostruzione propagandistica del passato perché, secondo una formula ampiamente sperimentata da molti regimi totalitari del ventesimo secolo e riassunta da Orwell, «chi controlla il passato controlla anche il presente e il futuro».

Nel Texas, dove Bush ha ora i suoi campi da golf, c'erano grandi praterie dove viveva un popolo che è stato sterminato. Quel popolo aveva un detto: «Uomo, le stagioni regolano la tua vita, e dopo la ricca estate verrà il grande freddo. Ma il Tempo che le guida non è tuo: esso appartiene al dio».

(*R*, 02.10.2003)

Per chi ha scelto il Percorso A

Come si è visto, regimi e aspiranti regimi cedono tutti alla tentazione di celebrare il proprio tempo come una nuova era. Come un momento irripetibile nella storia dell'uo-

mo. Ma che si tratti di Cesare, di Eliogabalo o di Berlusconi, questa tentazione non è irripetibile ma è sempre la stessa. Di nuove ere ce ne sono già state tante, mentre la Storia si dipana cambiando gli attori ma conservando sempre le stesse orribili maschere. Così ogni capo ha sempre il suo stuolo di servi. Tornate perciò alla ***Casella quindici****.*

Per chi ha scelto il Percorso B

Ma sono poi così nuove queste nuove ere? O non sono forse il ripetersi di una tentazione costante dell'essere umano, quella di prevalere sull'altro e di trasformare la Terra in una giungla in cui l'unica legge sia quella dell'istinto? Inevitabilmente, in una situazione di anarchia, il più prepotente salterebbe su per stabilire l'ordine. Più si crea confusione, più si legittima l'uso della forza. E siamo di nuovo all'autoritarismo al quale danno un certo aiutino storici o pseudostorici, o semplicemente politologi, pubblicisti che ingentiliscono i vari fascismi che l'Europa ha conosciuto. Attenzione, lettori. Gli esseri umani sono da sempre sempre gli stessi. E senza gli insegnamenti della Storia non potrebbero che ripetere all'infinito i soliti errori. Tornate alla ***Casella quattordici****.*

Casella venti

Lettera a Galante Garrone

Caro Galante Garrone, mi parrebbe retorico che io Le dichiarassi che solo grazie a una persona come Lei, e a quelle come Lei, una persona come me, nata nel 1943 in un'Italia barbara, nefanda, e invasa da barbari nefandi con i quali si era mortalmente abbracciata, ha potuto vivere fino alla mia età in un paese con una Costituzione democratica, seppure segnato da tragedie e da forti conflitti sociali, ma sostanzialmente libero. Così come sarebbe superfluo dichiararLe il mio sincero e ragionato consentimento allorché Lei ricorda che la formuletta di un giuramento alla Repubblica non può cancellare le grandissime responsabilità storiche della famiglia reale che avemmo in sorte di avere. Responsabilità che significano vent'anni di dittatura fascista, i disastri della guerra, i milioni di morti, gli Ebrei italiani inviati nei campi di sterminio grazie alla leggiadra firma sulle abominevoli leggi razziali di un re con la sola vocazione per la numismatica. Così come non potrei non seguirLa nelle innegabili attribuzioni delle colpe conseguenti alle turpitudini prima dette, quali l'infame atteggiamento di questa atroce famiglia che, dopo aver attirato l'Italia nel baratro, fugge a Pescara, lasciando il suo popolo in mano a scherani sanguinari. Nessun Savoia, in quel momento, fece pressione per rientrare in Italia. E l'Italia, allora, era naturalmente la Sua Italia, caro Galante Garrone, quella delle montagne della val d'Ossola, dei monti di Sarzana, oltre che di coloro che venivano torturati in via Tasso o alla Fortezza di Firenze: coloro che avevano capito con nitida chiarezza la differenza tra civiltà e barbarie, e avevano fatto la scelta per la civiltà. Posso capire la Sua profonda amarezza nel constatare come, in pochi anni, la frontiera tra il giusto e l'empio si sia annebbiata, a casa nostra. Sentire da alte cariche dello Stato, quello Stato democratico e repubblicano che Lei ha contribuito a costruire, che la scelta che voi faceste equivale a quella che fecero i repubblichini, perché anch'essi erano animati da una loro fede, deve essere rivoltante.

Oggi gli assassini vengono sdoganati da persone che invece di indossare una divisa bruna, che sarebbero stati costretti ad indossare se non fossero esistite persone come Lei, possono vestire un qualsiasi abito come si addice a uomini liberi. E altrettanto rivoltante, anche per me che non ho vissuto quei tempi, ma che li conosco, è sentire gli azzeccagarbugli della storia che definiscono la guerra di Resistenza, che voi faceste per loro e nostra fortuna, una «cosiddetta vulgata». Mi pare davvero eloquente che questi laboriosi storici chiusi in archivi platonici a cercare topi morti da riabilitare non abbiano commentato la vicenda. E soprattutto, visto che di divulgazione storicoide campano, trovo sorprendente che non abbiano chiesto allo Stato italiano di reclamare ai Savoia la restituzione dell'archivio storico che la famiglia ha trafugato e di cui non si ha più notizia. Mi chiedo: su che cosa rivedono la Storia i nostri valorosi "revisori"? Sulle canzoni d'epoca? In un'intervista Lei dice: «Non potete pretendere che io dia il mio assenso al rientro in Italia di una famiglia che ha offeso e ferito la nazione e che è corresponsabile della morte di tante persone che mi sono state care. Non si può chiedere a noi di dire sì a quel rientro. Anzi, facciamo una proposta: lasciateci morire senza subire quell'affronto e riparlatene un'altra volta. Non c'è molto da aspettare, tra due mesi compirò novantun anni». La Sua proposta me ne suscita un'altra che a prima vista potrebbe sembrare paradossale: caro Galante Garrone, per cortesia, Le spiacerebbe aspettare che anch'io abbia raggiunto la Sua età? Il tempo che ci separa non è poi così tanto, se gli dèi fanno un piccolo sforzo nei nostri confronti: abbiamo assistito a cose ben più mirabolanti che una piccola estensione temporale, in questo secolo appena trascorso. È un auspicio che Le faccio, e che evidentemente faccio anche a me. Per il resto La saluterei, come ora La saluto, con affettuoso rispetto e con la gratitudine per esserci stato allora e per esserci oggi.

(*C*, 17.07.2000)

Per i lettori del Percorso A e del Percorso B

Avete visto dove porta l'assenza di coscienza civile e democratica, cosa succede quando si permette che l'interesse occupi la democrazia? Arrivati al rischio di regime non vi resta che appellarvi al Garante, affinché ristabilisca la legalità e il diritto violato. Non senza però aver recitato prima un mea culpa, *anche per quegli italiani che subirono fascismo e Savoia. Tornate alla* ***Casella diciotto****.*

Casella ventuno

Casella garante

Illustrissimo presidente della Repubblica, il 25 aprile è il giorno della liberazione dal fascismo, della vittoria degli Alleati sui nazifascisti e dei partigiani sui repubblichini e proprio per questi motivi festa nazionale di tutti gli italiani. Mi è capitato di assistere alla cerimonia d'ingresso delle spoglie mortali dello scrittore André Malraux nel Panthéon di Parigi. La cerimonia era presieduta da Jacques Chirac, presidente della Repubblica francese, rappresentante della destra e seguace di De Gaulle, di cui Malraux era stato ministro. Ma Chirac non introduceva nel Panthéon un ex ministro bensì un eroe nazionale: il Malraux che da antifascista aveva combattuto nella guerra civile spagnola contro il franchismo e da partigiano nelle formazioni dell'Alsazia contro i nazifascisti. In quella cerimonia l'orchestra, al momento dell'ingresso del feretro nel Panthéon, eseguì l'inno partigiano e la Marsigliese. A differenza che in Italia, in Europa l'antifascismo non è uno "sfizio": è un tratto comune delle democrazie del dopoguerra. In Francia, non accettare il principio dell'antifascismo significa essere esclusi dalla vita politica, secondo una rigidissima *conventio ad excludendum* voluta proprio dalla destra gollista. De Gaulle ha imposto l'antifascismo come linea comune e invalicabile non solo dell'essere democratici, ma addirittura dell'essere francesi.

Anche in Germania l'antifascismo è nella Costituzione, e reato penale è negare o dubitare dello sterminio del popolo ebraico (così come degli Zingari, degli omosessuali, degli handicappati e degli oppositori politici di Hitler). In Spagna, perfino quei rappresentanti della destra o esponenti che appartennero all'ala morbida del franchismo mai oserebbero oggi rivendicare tale regime. In Portogallo la festa nazionale (25 aprile anche lì) è la festa della Rivoluzione dei garofani, cioè della liberazione dal salazarismo, e l'attuale destra portoghese mai si sognerebbe di lodare quel regime fascistoide.

L'antifascismo, dunque, è l'irrinunciabile identità comune su cui si fonda l'attuale cittadinanza democratica europea. Tranne che nel nostro paese, la cui destra guarda al nazifascismo con rinnovato affetto, tanto da consentire che i seguaci di quella ideologia vengano vezzeggiati e legittimati. Durante il suo settennato, signor presidente, Lei è andato, come avevano fatto altri suoi predecessori, a rendere omaggio alle cinquecentosessanta vittime trucidate dai nazisti a Sant'Anna di Stazzema, paese medaglia d'oro al valor militare in provincia di Lucca. Lei conosce la storia di quell'eccidio, ma voglio ricordarla ai lettori che ne fossero ignari. I nazisti, in assetto di guerra e muniti di lanciafiamme, mossero da tre parti. Ecco quello che accadde nelle parole dello scrittore viareggino Manlio Cancogni, quando arrivarono in paese: «Gli abitanti erano spinti negli anditi, nelle stanze a pianterreno e ivi mitragliati e, prima che tutti fossero spirati, era dato fuoco alla casa; e le mura, i mobili, i cadaveri, i corpi vivi, le bestie nelle stalle, bruciavano in un'unica fiamma. Poi c'erano quelli che cercavano di fuggire correndo tra i campi, e quelli colpivano a volo con le raffiche di mitragliatrice, abbattendoli quando erano già sul limitare del bosco che li avrebbe salvati. Poi c'erano i bambini, i teneri corpi dei bimbi ad eccitare quella libidine pazza di distruzione. Fracassavano loro il capo con il calcio della pistol-machine, e infilato loro nel ventre un bastone, li appiccicavano ai muri delle case. Sette ne presero e li misero nel forno preparato quella mattina per il pane e ivi li lasciarono cuocere a fuoco lento. E non avevano ancora finito. Scesero perciò il sentiero della valle ancora smaniosi di colpire, di distruggere, compiendo nuovi delitti fino a sera».

A pochi chilometri dal luogo di quell'eccidio, alcuni neofascisti, con la complicità degli amministratori di una città vicina, hanno celebrato il gerarca fascista Pavolini in una palazzina comunale. Si tratta di una manifestazione di spregio alla Costituzione e alle leggi della Repubblica da parte di un neofascismo che nel nostro paese avanza ormai a volto scoperto, usufruendo di una incolumità sorprendente. È un momento molto grave, e i cittadini non possono essere indifferenti alla scelta tra fascismo e antifascismo, né tantomeno equidistanti o neutrali.

(*M*, 24.04.2001)

Per i lettori del Percorso A e del Percorso B

Altro che regime, la nostra è una signora Repubblica democratica e progressista, dove è garantita la laicità dello Stato, sono tenuti lontani gli appetiti di fondamentalismi religiosi, siamo protetti da quei rinculi razzisti dei quali gli italiani furono vittime sessant'anni fa. La colpa infatti, e lo abbiamo visto, fu dei Savoia, perché se Vittorio Emanuele III *non avesse firmato le leggi razziali, gli italiani al razzismo non ci avrebbero pensato. C'è un mito da sfatare: che quando aggredimmo la Libia, l'Abissinia e l'Eritrea (glissiamo sulla Grecia e l'Albania), verso le popolazioni di quei paesi noi ci sentissimo superiori, razzialmente parlando. Colonialisti cattivi erano gli inglesi e i francesi, eventualmente anche i portoghesi, ma noi siamo sempre stati* brava gente. *Una bontà innata che oggi si manifesta con la legge con la quale non solo accogliamo coloro che vengono a fare i lavori più umili nel nostro paese e che a noi fa schifo fare (cioè quelli che una volta i nostri antenati andavano a fare in Germania e in Svizzera) ma anche gli immigrati più svantaggiati, insomma i poveracci poveracci.*

Così, anche stavolta la Casella garante vi ha rilanciato in gioco. Per andare a guardare cosa succede in Italia. Se volete veder brillare il nostro paese grazie alla sua proverbiale accoglienza del diverso e dello straniero, scegliete il ***Percorso A*** *e passate alla* ***Casella ventidue****. Se invece volete avere una prova che da noi non esiste nessun pericolo di regime, che le nostre forze politiche sono ancorate a forti valori democratici, che sulla cosa pubblica non gravano interessi privati e che l'informazione beneficia della libertà di opinione, seguite il* ***Percorso B*** *e saltate alla* ***Casella ventitré****.*

QUARTO GIRO
Il regimetto

Ove si ragiona soprattutto di infamie, e di altre infamie.

Casella ventidue

Andigo dialeddo badano

Nell'antico dialetto di un'imprecisata etnia del settentrione italiano, finora poco noto agli studiosi, e quale contributo linguistico dell'Italia di oggi all'Europa dei popoli, ecco un messaggio rivolto all'extracomunitario che per pochi spiccioli lavava le tombe del cimitero di Treviso e che, grazie al pronto intervento dei vigili comunali, verrà rimpatriato, perché privo del regolare permesso di soggiorno:

«Glandesdino, lasgia sdare i nosdri mordi, zai! Gome di bermeddi di lavare le dombe di Dreviso! Dogli le due sborghe mani, du bovero negro glandesdino, i nostri mordi duddi bulidi, zai?, anghe i vivi, vizdo il signor Possi gome è bulido in zua gamigia verde? Vizdo il signor Perlusconi gome bulido in zuo dobbiobeddo? Du inzinuare ghe loro sborghi dendro? Gome di bermeddi garogna di negro glandesdino, di gredi di essere geldigo gome nosdre grogi? Rauz! A gasa dua, zubido, glandesdino, a galgi nel gulo!».

(*U*, 03.03.2002)

Per chi ha scelto il Percorso A

Povero clandestino, è triste e sconsolato. Pensa che nessuno lo difenda. Ed ha i suoi buoni motivi. Su la Repubblica *del 6 dicembre 2005 un articolo ci informa che secondo la Cassazione dire «sporco negro» non sempre è raz-*

zismo e riporta il caso di un signore triestino che era stato condannato in seconda istanza per lesioni e ingiurie «aggravate da motivi di odio razziale» (a due ragazze colombiane da lui aggredite aveva urlato «sporche negre, che cosa ci fate qua?»). La Cassazione ha deciso invece che la frase potrebbe manifestare solo «generica antipatia, insofferenza o rifiuto» e che quindi non si tratterebbe di un insulto discriminatorio ma di una semplice ingiuria. Per la loro larghezza di vedute, i componenti di questa suprema corte hanno già ammesso anche nei loro stessi confronti la medesima attenuante applicata al triestino. Ed infatti l'onorevole Berlusconi aveva già avuto modo di far sapere agli italiani che i magistrati sono dei «disturbati mentali» e «antropologicamente diversi». Era la sua maniera di far giungere loro un messaggio di «generica antipatia». Tornando al nostro clandestino, più che di razzismo si trattava forse di bilancio. Consapevole dell'attuale crisi economica, il comune di Treviso ha voluto tagliare le spese, eliminando uno spreco che incideva troppo sulla spesa pubblica. Ma nonostante le difficoltà economiche, nel nostro paese c'è un'evidente crescita civile. Razzismo? Regime? Oppressione? In Italia? Ma quando? Per averne una prova passate alla ***Casella ventitré****.*

Per chi ha scelto il Percorso B

Consapevoli dell'attuale crisi economica, il comune di Treviso ha voluto tagliare le spese, rimpatriando questo clandestino che, a pulire le tombe, incideva troppo sulla spesa pubblica. Turbati da questo avvenimento cerchiamo conforto nelle nostre istituzioni. Saltate alla ***Casella ventinove****.*

Casella ventitré

Lo sbando

L'Italia, dalla deriva è passata ormai allo sbando. E quando un paese si trova in tale situazione qualcosa deve succedere. Per ragioni fisiologiche, naturali, come in fisica, allorché la materia arriva al cosiddetto *punto di crisi* e cambia di stato: da solida diventa liquida o gassosa, o viceversa. Il punto di crisi non è superabile senza cambiamenti: a zero gradi l'acqua diventa ghiaccio, a una certa temperatura il metallo si liquefà. Con questo non voglio fare previsioni su cosa succederà, dico soltanto che oltre questo difficilmente si potrà andare. Elenco subito tutti i gradi di temperatura successivi, che possono essere spostati a piacimento, perché, cambiando l'ordine dei fattori, il prodotto non cambia.

1. I dipendenti delle televisioni di Berlusconi (tutte) aggrediscono i cittadini più noti che non sono favorevoli al loro datore di lavoro. 2. I direttori dei suoi giornali compilano liste come "bandi", con relative foto segnaletiche, dei parlamentari che non votano certe decisioni del governo Berlusconi. 3. Un giornalista del *Giornale* ha istituito un falso premio con un nome che ricorda i terroristi di al Qaeda (premio "el Sahef"), attribuendolo a vari intellettuali per intimidirli. 4. Berlusconi dice pubblicamente che la magistratura è un «cancro» e che i magistrati sono «golpisti». 5. Berlusconi definisce la Costituzione italiana una «Costituzione sovietica». 6. Berlusconi, alla vigilia di un'imponente manifestazione nazionale della Cgil contro il terrorismo, si impossessa della televisione di Stato e rivolge un discorso alla nazione a reti unificate, addossando alla Cgil la responsabilità della morte del professor Biagi. 7. Berlusconi depenalizza il falso in bilancio. 8. Umberto Bossi definisce l'Unione Europea «forcolandia». 9. Berlusconi, con un proclama televisivo da Sofia, "licenzia" dalla televisione di Stato Enzo Biagi e Michele Santoro perché a lui sgraditi, come se fossero suoi dipendenti. 10. Il lodo Schifani permette al capo del governo e al capo dello Stato di porsi al di sopra della legge.

Mi fermo al numero dieci ma il numero effettivo dei "punti di crisi" va ben oltre. Sono in crisi anch'io.

(*U*, 01.05.2003)

Per i lettori del Percorso A e del Percorso B

Il profondo smarrimento che attraversa il nostro paese ha lasciato lo Stato indifeso. Avete visto che cosa hanno fatto mentre tutti erano presi dalla crisi del pensiero lapalissiano? La cosa pubblica sarà davvero pubblica?, ci si domandava. E altri giù con le leggi ad personam. *La nostra Repubblica sarà mica fondata sull'antifascismo?, ci si chiedeva. E intanto i saloini diventavano simpatici «ragazzi». Non bisognerà ridurre l'importanza dello Stato a vantaggio del mercato?, ci si chiedeva. E nel frattempo la Repubblica veniva occupata dall'interesse privato. Essere democratici significa davvero essere democratici?, ci si arrovellava. E intanto arrivava il regimetto. Con i suoi fedelissimetti. Saltate alla* ***Casella venticinque****.*

Casella ventiquattro

A tutto tondo

La vita di Giuliano Ferrara è avvincente: si legge come un fumetto di Diabolik. È la vita di un virtuoso dello spostamento che così esprime l'alta stima che ha della propria professione: «Il codice deontologico, generalmente, è l'ultimo rifugio delle canaglie». E ancora: «La prima regola di questo mestiere di finte vergini è compromettersi»; «La corruzione e la vanità sono l'essenza del giornalismo»; «La marchetta fa parte del mestiere; [il giornalista che piace a me] è complice e traditore, gentiluomo e ladro, confidente e spia dell'esistenza».

La vita del pezzo da novanta comincia con una famiglia di notabili togliattiani, il padre alto "papavero" comunista e uomo di prima fila nel decretare l'espulsione dal Pci dei dissidenti fondatori de *il manifesto*, la privilegiata infanzia sovietica, la giovinezza romana fra la barca del padre a Porto Ercole e la contestazione studentesca, l'inizio della carriera di funzionario inviato dal Partito comunista presso la federazione di Torino. Sarebbe complicato riassumere le peripezie torinesi del vivace Ferrara, dai picchettaggi alla Fiat ai colpi di testa all'amicizia-rivalità con l'altro candidato alla segreteria provinciale Piero Fassino. La sua grande svolta ideologica avviene nel 1985. Dopo aver abbandonato Torino (e il Pci), dove si è reso conto che non farà carriera, appare come per incanto un Ferrara furibondamente anticomunista che comincia a scrivere su *L'Espresso*. Se ne accorge prontamente il delfino di Craxi, Claudio Martelli, che lo raccomanda a Piero Ostellino del *Corriere della Sera* che lo assume con un contratto stabile. Per Craxi nasce un colpo di fulmine che produce innumerevoli articoli dal tono appassionato, un vero *amour-passion*. Sono gli anni del pentapartito, e l'85 è l'anno del famoso referendum sulla contingenza. I craxiani decidono di coprirsi a sinistra, mandando in edicola un nuovo quotidiano, *Reporter*, affidato alle sapienti mani di un gruppo di ex di Lotta Continua guidati da Adriano Sofri ed Enrico Deaglio. Giuliano chiede a Bettino di essere assunto proprio a *Reporter*. Lavora lì per un anno. Ma che anno. Era l'anno di Sigonella e della vicenda della nave da crociera *Achille Lauro*, sequestrata da un commando palestinese che chiede la liberazione di cinquantadue detenuti in Israele. Washington vuole catturare i palestinesi e processarli, ma Craxi si oppone, rivendicando la sovranità territoriale (i terroristi erano stati portati a Sigonella da un aereo italiano), e dopo un lungo e inedito braccio di ferro con gli Stati Uniti, la spunta. È sulla scia di questa crisi nei rapporti Italia-Usa che Ferrara tradisce il suo principe, vendendosi ai servizi segreti americani. Per un anno circa, tra i tanti lavoretti da lui fatti c'è anche quello di informatore prezzolato della Cia. Egli ricorda ancora gli incontri, nella stamberga di Trastevere, con «il giovane, sveglio e simpaticissimo agente americano, una cara persona di cui serbo un magnifico ricordo». Nell'aprile 1986 *Reporter* interrompe le pubblicazioni, schiacciato da vari miliardi di debiti. Chi interviene per evitare il crac? Lo racconterà Ferrara dieci anni dopo: è Silvio Berlusconi.

D'ora in poi la vita del pezzo da novanta mediatico assomiglia sempre di più a una mitragliatrice: siamo ai programmi televisivi d'urto come *Il testimone* e *Linea rovente* (fra gli altri amici: Paolo Guzzanti, Lino Jannuzzi e Paolo Mieli), fino a *Radio Londra* e all'inevitabile incontro (con furibondo innamoramento) col nuovo principe azzurro, il cavalier Berlusconi. E il conseguente coronamento per i suoi magnifici servizi con la candidatura (ed elezione) a europarlamentare nelle file socialiste. Ma Ferrara a Strasburgo e a Bruxelles non ci mette piede, ha ben altro a cui pensare. Deve pensare soprattutto all'altro programma d'urto, *L'istruttoria*, che è così pubblicizzato dal canale Italia 1: Giuliano Ferrara, farfallino e bretelle rosse, emerge dall'immondizia con la faccia spiritata. Ha in bocca un sigaro spento, nella mano destra una lisca di pesce, nella sinistra un osso spolpato. Poi arriva lo slogan: «Bambini a letto: è tornato il mostro della tv spazzatura». Intanto è arrivata la guerra del Golfo e l'intervento militare Usa accende il suo entusiasmo, inebriandolo con i bombardamenti, il sangue e le battaglie. Gli anni di *Reporter* e dell'antiamericanismo filopalestinese sembrano lontani anni luce. Poi arriva il 1992 e qualcosa sta cambiando: sul sistema di corruzione italiano, sulle ruberie, sui conti all'estero, sui miliardi trafugati agli italiani, sull'amato Bettino si sta abbattendo la tempesta di Mani Pulite. Il resto è storia recentissima. Fa senso ma è istruttivo ripercorrerla, seguendo le sue imprese: i suoi improperi contro i magistrati bonificatori della palude, la direzione del berlusconiano *Panorama*, con la pioggia di querele per diffamazione che il suo datore di lavoro risarcisce regolarmente, la fedeltà assoluta al cavaliere di Arcore, l'intuito della bicamerale quale possibile via di salvezza per il suo principe. Ferrara non indugia, si alzano forti le sue esortazioni a D'Alema affinché faccia piazza pulita dei giudici, «tigri di carta».

E ancora: le sfide del *Foglio* all'autorità giudiziaria, l'incontinenza di espressioni indirizzate a Di Pietro, con conseguente pioggia di querele per diffamazione, i problemi economici del suo giornalino, risolti furbescamente. È una trovata all'italiana: siccome c'è una legge che garantisce contributi statali ai giornali di partito, basta attribuire a *Il Foglio* la rappresentanza di una forza politica per avere diritto alle sovvenzioni pubbliche. Detto e fatto. Il senatore berlusconiano Marcello Pera e il deputato verde-ulivista Marco Boato (ex lottatore continuo) danno vita allo pseudopartitino *Convenzione per la giustizia*, che dichiara essere *Il Foglio* il proprio quotidiano.

Ma chi è davvero questo personaggio così sottile? Un eloquente ritrattino lo dobbiamo a Eugenio Scalfari: «È un liberale? Direi proprio di no, non ne ha alcuna caratteristica. Un democratico? Assolutamente no. Un socialista? Meno ancora. A lui piace soprattutto menar le mani (politicamente parlando), lo eccita vedere il proprio avversario spalle a terra e potergli mettere il piede sul collo, privilegia il paradosso, è intellettualmente incontinente, si affeziona all'odio, non lascia spazio al contraddittorio. Probabilmente questo suo modo d'essere risente di una nevrosi. Se si dovessero cercargli dei modelli di riferimento verrebbe in mente Curzio Malaparte, ma di Ferrara grandi e piccoli l'Italia è piena, lo è sempre stata. Perciò direi che non si tratta d'una personalità eccezionale, ma di una tipica maschera italiana».

(*U*, 23.02.2004)

Per i lettori del Percorso A e del Percorso B

Questo articolo è una recensione al libro di Pino Nicotri, L'arcitaliano Ferrara Giuliano. Biografia di un Machiavelli contemporaneo *(Kaos Edizioni, Milano 2004), che in Italia, per gentilezza, non era stato recensito da nessun giornale cosiddetto indipendente, come se gli italiani non avessero diritto di conoscere la biografia di un tipo con questa fedina culturale che occupa i nostri teleschermi, e non solo, da oltre vent'anni. Ma cosa succede agli italiani mentre certi personaggi navigano nell'oro, nella celebrità e magari nel Mediterraneo? In che stato versa la nostra economia nelle mani di grandi famiglie e di piccole famigliuole? Screditata dalle leggi* ad personam, *dalla depenalizzazione del falso in bilancio, dalle leggi dette* lodo, *un lodo di qua, un lodo di là...? Saltate alla* ***Casella ventotto****.*

Casella venticinque

I nuovi Ciccio

A volte il giornalismo italiano sembra ispirarsi alle imprese dei compianti Franco e Ciccio e al loro capolavoro *Ultimo tango a Zagarolo*. Un bel giorno il direttore del quotidiano *Il Foglio* se ne esce con questa trovata: «Se mi ammazzano ricordatevi che è su mandato linguistico di Antonio Tabucchi e Furio Colombo, in concorso tra loro. Ricordatelo per metterci una pezza» (*Il Foglio*, 6 ottobre 2003). Chissà cosa vorrà dire l'aggettivo «linguistico» e l'invito a qualche sconosciuto «a metterci una pezza» in tempo. Non so se vi sareste allarmati anche voi, con tutta la brutta gente che c'è in giro in Italia. Io mi sono allarmato. E ho aspettato che il direttore di un giornale cosiddetto libero si allarmasse quanto me e mi offrisse uno spazio di replica. Oltre all'*Unità*, che però è nella mia stessa situazione, nessuno si è fatto vivo. Ho deciso allora di replicare dalle colonne del quotidiano francese *Le Monde*, su cui talvolta scrivo. Chissà come, il personaggio che mi ha definito «mandante linguistico», con i suoi oscuri traffici riesce nottetempo a venire in possesso del mio articolo. Lo scippa, se lo traduce, e lo pubblica la mattina seguente sul suo giornale prima che il mio articolo esca in Francia (*Le Monde* è un giornale pomeridiano). Non solo, invia sempre nottetempo il mio articolo ai suoi sodali del *Corriere della Sera* (Paolo Mieli e Aldo Grasso) così che al mattino dopo, assieme al mio articolo pubblicato sul *Foglio*, in edicola trovo anche un severo rimprovero del bastonatore di turno del *Corriere* (Aldo Grasso) per aver osato pubblicare all'estero un articolo contro il Ferrara (che, vale la pena ripeterlo, in Francia ancora non è uscito). E non basta. Qualche giorno dopo, Ferrara, non ancora soddisfatto, comincia ad agitarsi perché il giornale francese non gli concede «diritto di replica». All'estero lo censurano, dice la vittima. E in questa sua disperazione trova la comprensione dei colleghi. Ad esempio di Paolo Mieli, che sempre sul *Corriere della Sera* dichiara che l'ultima parola in questo caso l'ha scritta proprio Aldo Grasso. Il quale Grasso è poi colui che, ricevendo nottetempo il mio articolo da Giuliano Ferrara, si era incaricato di redarguirmi aspramente *a priori*. Signori, se questa non è magia.

Se vi fosse capitato, dato che è tornato alla ribalta, di rileggere sui giornali le affermazioni che nel 1980 il venerabile maestro della Loggia P2 Licio Gelli pubblicò sul *Corriere della Sera*, avreste capito come me che la modernizzazione al pari del terrorismo avanza. Karl Kraus dedicò almeno un paio di libri (*Tramonto del mondo per magie nere* del 1922 e gli *Invisibili* del 1928) a quel giornalismo tedesco che ai suoi brutti tempi dette una mano a chi poi si prese tutto il braccio, il nazismo. E c'è una storiella che vi racconto per inciso, quella del tizio che per professione faceva il delatore e che a un certo punto, preso da gelosia per quelli che denunciava, visto che lui non lo denunciava nessuno, si denunciò da solo. E tutti gli altri giornalisti dissero: geniale.

(*U*, 25.10.2003)

Per i lettori del Percorso A e del Percorso B

Visto che mazzate riceve chi per difendersi deve ricorrere a un quotidiano straniero? Che gioco di squadra nel dare colpi da orbi! Un colpo io un altro tu, secondo un vecchio metodo. Già, perché i furbetti si conoscono tutti. Sono cresciuti tutti nella stessa famiglia (allargata). E fingendosi su opposte barricate, continuano ancora a scambiarsi favori. Se volete avere un assaggio dell'intreccio di rapporti personali e materiali che hanno occupato la nostra Repubblica, cominciate a dipanare la matassa dalla ***Casella ventiquattro****.*

Casella ventisei

Made in Italy

Berlusconi Previti Berlusconi Previti Berlusconi Previti Berlusconi Previti Berlusconi Previti Berlusconi Previti Berlusconi Previti Berlusconi Previti Berlusconi Previti Berlusconi Previti Berlusconi Previti Berlusconi Previti Berlusconi Previti Berlusconi Previti Berlusconi Pre

(*U*, 30.04.2003)

Per i lettori del Percorso A e del Percorso B

Con il patrimonio artistico dell'Italia, la nostra economia dovrebbe puntare più sul turismo. I ministeri addetti hanno lavorato in questo senso, ma in una direzione troppo tradizionale, che puntava soprattutto sulla cessione di monumenti come il Colosseo, la Torre di Pisa o l'Arco di Costantino. Invece ci sarebbero altre risorse da sfruttare come il paesaggio, il folklore, le tipologie umane, così variate in un paese ricco di tradizioni come il nostro. Con l'appiattimento dovuto alla mondializzazione, in virtù della quale le stesse cose le trovate a Boston come a Roma, il turista ricco è avido di cogliere nella propria macchina fotografica le immagini di antichi riti, di civiltà che stanno scomparendo, così che i flussi delle agenzie si dirigono soprattutto verso i Woodoo haitiani o le danze degli Zulu del Botswana. Immaginate come reagirebbero antropologi quali il Pitré o il Lombroso se noi lasciassimo che le ricchezze antropo-folkloristiche della nostra Italia si spegnessero. Non sarebbe tollerabile: passate alla ***Casella ventisette****.*

Casella ventisette

Turismo etnico

Non si capisce perché la Rai dedichi ampi servizi al raduno leghista di Pontida come se si trattasse di un normale congresso di partito. Sui teleschermi il raduno appare come una sorta di sagra paesana in versione *lumpen*, e sono sempre poche migliaia. Dal gruppo, caporionato da personaggi che chissà per quale spirito di sopportazione gli italiani tollerano, esala un misto di eversione e di afrore d'ascelle che fora il teleschermo. Al capo carismatico, ormai non più in condizione di esaltare il "celodurismo" per ragioni coronariche, sono succeduti ceffi che per grazia ricevuta sono diventati personaggi di rilievo della nostra Repubblica. Le istituzioni italiane questo tipo di humus lo hanno lasciato allo stato brado da anni: un quattro per cento di infedeli alla Repubblica che adorano dèi pagani e che condizionano e ricattano sessanta milioni di italiani. E tutto ciò dà l'impressione che ormai è andata così. Lo Stato a Pontida viene vilipeso ogni anno e molti pensano che si dovrebbe mandare l'esercito a disperdere i gitanti sovversivi come si fa con i manifestanti fuori di testa. La questione sarebbe definitivamente risolta.

Ma forse la questione potrebbe essere risolta altrimenti, incruentemente, pensando al turismo, che tra l'altro è una risorsa redditizia. Ogni anno innumerevoli turisti italiani si recano in Africa e in altri continenti lontani a fotografare popoli magari civilissimi condannati dalla modernità all'estinzione, e spesso accelerandola inconsapevolmente. Se per il raduno leghista di Pontida tutti i comuni democratici di tutte le regioni d'Italia (sono moltissimi) organizzassero pullman turistici (centinaia di pullman) e questo strano popolo inventato che abbiamo visto in televisione si trovasse di fronte migliaia o milioni di italiani che in silenzio sono andati a vederlo dal vivo, forse qualcosa cambierebbe: solo a guardarli (cineprese e macchine fotografiche sarebbero consentite onde poter mostrare immagini del viaggio ad amici e parenti rimasti a casa) con il dovuto rispetto che si deve a tutte le creature viventi, probabilmente i nativi che ogni anno si guadagnano il proprio quarto d'ora di celebrità televisiva, indossando il costume atavico (la canottiera e/o un indumento verde) e brandendo le insegne etniche (le alabarde di cartapesta), nel vedersi oggetto di interesse antropologico di milioni di italiani civilizzati, dopo l'esposizione turistica rientrerebbero pensierosi a casa. E forse la prossima volta organizzerebbero la loro sagra di paese come si usa dappertutto, senza pretendere che il piatto tradizionale, la polenta con gli osei, abbia qualcosa a che vedere con la Costituzione italiana, così come non l'hanno mai pensato i pugliesi per le orecchiette con le cime di rapa.

(*U*, 22.06.2005)

Per i lettori del Percorso A e del Percorso B

Lo spettacolo di questa casella era magnifico. Vi ha riconciliato con le vostre antiche tradizioni ma vi ha fatto pensare come esse si perdano e quanto avesse ragione Pasolini nel sostenere che gli italiani fossero soggetti a una mutazione antropologica. Per constatarlo, dovreste fare il salto della quaglia e tornare alla ***Casella ventisei****, quella di Berlusconi Previti. I più volenterosi potranno andare a rileggersela per intero. Per i più svogliati ci limitiamo a riportare le prime righe: Berlusconi Previti Berlusconi Previti Berlusconi Previti Berlusconi Previti Berlusconi Previti Berlusconi Previti Berlusconi Previti Berlusconi Previti Berlusconi Previti Berlusconi Previti Berlusconi Previti Berlusconi Previti Berlusconi Previti Berlu*

Per fortuna ci sono esemplari umani impermeabili, non tanto a mutazioni, quanto a leggerissime variazioni antropologiche. Perché? Perché hanno saputo mantenere integro il ceppo da cui provengono fin dal Cromagnon. Mai con estranei essi si accasarono! Hanno fatto sempre tutto in famiglia. Saltate alla ***Casella trenta****.*

Casella ventotto

Il fico pende

Gli italiani comprano meno vestiti, meno libri, vanno meno al cinema, mangiano di meno. E tutti si allarmano: la Confindustria, la Confcommercio, la Banca d'Italia, la Corte dei Conti, i giornali e perfino un pochetto la televisione. La recessione è in atto, la crisi economica spaventa. L'ombra di una vita modestina, se non proprio miserella, sembra incombere sul popolo italiano. Ma ditemi, che importanza ha tutto questo ora che l'embrione è al sicuro? I valori morali sono quelli che contano. Altro che i consumi, come vorrebbe questa nostra civiltà occidentale materialista ed edonista, questa stessa civiltà che i mullah fondamentalisti aborrono. È stato duro conquistare questi valori morali, bisogna dirlo, ha richiesto sacrifici, ci si è impegnato perfino Giuliano Ferrara, che a Loreto è apparso alla Madonna per farle sapere che finalmente aveva compreso dove sta il *conquibus* che da anni lo tormenta: nell'ovulo. Ma finalmente l'Italia ce l'ha fatta e ora, fiera del traguardo raggiunto, può andare a testa alta nel mondo: non feconderai un ovulo invano, è l'articolo 18 dello statuto dello spermatozoo che l'Italia dovrebbe portare in questa grigia Costituzione europea che in molti paesi non attacca. Un grande contributo morale che il papa ha messo in evidenza davanti al presidente di una Repubblica che si ostina ad avere una Costituzione ottusamente laica e che il Berlusconi e il Casini, per dare prova di quanto da questa Costituzione siano distanti e quanto il Sacro Sillabo abbia ispirato la loro vita e le loro carriere, hanno voluto sottolineare con le loro alte parole. E questa volta senza esprimere stima a mafiosi, come a volte capita al Casini, e senza battute libidinose, come a volte capita al Berlusconi. No, seriamente. Perbene, davvero perbene. Il Pera tace. Forse aspetta settembre, quando l'uva è matura e il fico pende.

(*U*, 27.06.2005)

Per i lettori del Percorso A e del Percorso B

Ma sarà proprio vero che l'economia italiana è in crisi o non saranno voci propagandistiche messe in giro dai comunisti che hanno occupato le televisioni? Perché il nostro è un paese florido, e anche se possono esserci apparenti disfunzioni finanziarie, in realtà quello che ci sostiene è il sommerso, il sub. La prova alla ***Casella ventisei***.

Casella ventinove

Una lettera trovata

Il 16 dicembre 2005, sfogliando *il manifesto*, ho trovato questa lettera:

«*Al presidente della Repubblica italiana Carlo Azeglio Ciampi,*

che Lei abbia conferito alla giornalista Oriana Fallaci una medaglia d'oro in quanto «benemerita della cultura» è un fatto che ci indigna. Come cittadine e cittadini impegnati in senso antirazzista e in svariati campi della ricerca, dell'insegnamento, della promozione culturale, riteniamo che il conferimento del premio ad Oriana Fallaci da parte della massima autorità dello Stato contraddica l'idea stessa di cultura e contribuisca a legittimare xenofobia e razzismo. Come Lei ben sa, l'opera più nota della giornalista in questione è *La rabbia e l'orgoglio*. Questa congerie di semplificazioni storiche di scomposte invettive contro i «nemici dell'Occidente», di volgari insulti razzisti, di espressioni machiste e guerresche non solo non rende onore alla cultura ma concorre ad alimentare intolleranza e fanatismo. Di ben altro ci sarebbe bisogno in un tempo come il nostro, di aspri conflitti che alcuni vorrebbero trasformare in «scontro di civiltà»: ci sarebbe bisogno di parole che ricordino almeno che la Costituzione italiana, di cui il nostro presidente è supremo garante, ripudia il razzismo e la guerra».

Annamaria Rivera

Per i lettori del Percorso A e del Percorso B

Questa lettera, accompagnata da numerose firme (professori universitari, intellettuali e gente comune) manifesta giusta indignazione, ma non chiede ragione dell'accaduto. Non domanda perché l'autrice di un libro come La rabbia e l'orgoglio *che in altri paesi europei è stato portato in tribunale per «incitamento all'odio razziale», in Italia riceva una decorazione a nome di tutti gli italiani (il presidente della Repubblica rappresenta simbolicamente tutti gli italiani). La risposta è elementare: perché a Ciampi piace Fallaci. La studia. La stima. Evidentemente sono sulla stessa lunghezza d'onda, c'è un tipo di "italianità" che li accomuna. E a proposito di italianità, andate alla* ***Casella trentuno*** *(Casella garante).*

Casella trenta

Fuochi che l'acqua non spegne

In agosto, mentre in Portogallo divampavano le fiamme, molti dei miei amici volevano sapere di me, come stavo, se per caso non mi trovassi nella zona degli incendi: «Com'è ora la situazione del tuo Portogallo? Dacci notizie, per favore». Molti dicevano così, «il tuo Portogallo». Perché in effetti questo è anche il mio paese. Un paese che ho scelto molti anni fa, un paese adottivo che come un figlio adottivo o un padre che ci ha adottato non si ama di meno di un figlio o di un padre naturale. E di cui ormai sono anche cittadino per il passaporto che il paese ospite mi ha offerto. E dunque mi considero molto fortunato e sono grato al privilegio che la vita mi ha concesso: in questo mondo in cui milioni di persone cercano invano un paese che li accolga, io di patrie ne ho addirittura due. È un privilegio che mi fa pensare alla disperazione di chi non ha un paese che possa dire suo, alla condizione disumana di non avere un luogo della Terra nel quale un documento attesti che quella persona sei tu e che hai gli stessi diritti e doveri degli altri. La peggiore delle privazioni, perché ti deruba della tua umanità: non sei più persona, sei solo un corpo anonimo e indifeso, un organismo biologico. Certe associazioni che si richiamano alla «difesa della vita» dovrebbero riflettere se la vita umana è solo biologia.

Ho rassicurato gli amici che sono riuscito a raggiungere: sto bene. Nel Centro-sud non è successo niente. È vero che vicino alle quattro case del villaggio dove mi trovo ci sono albereti di facile combustione, pinete ed eucalipti; ma subito dopo cominciano le querce da sughero, peraltro già scorticate, il cui tronco asciutto e duro come pietra resiste bene al fuoco. Poi qualche risaia, e più oltre comincia la pianura, verde di grano fino a giugno e ora gialla e brulla dove pascolano le capre. Ma non per questo la gente è meno triste, meno emozionata per la sciagura che ha investito il paese. La sera, nell'unico caffè del villaggio sono andato a guardare il telegiornale. La gente assisteva in silenzio, con la dignità che si deve alle disgrazie. Molti avevano gli occhi umidi, e se li guardavi abbassavano lo sguardo per pudore. Il mio vicino, un vecchietto che conosco da anni e che mi regala spesso i meloni e i pomodori dei campicelli che coltiva, mi è venuto incontro e mi ha fermato. Era emozionato come non lo avevo mai visto, gli tremavano le labbra. «Questo paese brucia da anni», mi ha detto, «e loro non hanno fatto nulla. Lo scriva, per favore».

Gli ho promesso di farlo, e poi non l'ho fatto nonostante la sollecitazione di alcuni giornali italiani. Una mattina però ho preso la macchina perché a qualche chilometro c'è una cittadina dove con un po' di fortuna si possono trovare giornali italiani di qualche giorno addietro. Così ho letto le parole che il presidente del Senato Marcello Pera ha pronunciato a Rimini davanti a migliaia di giovani di Comunione e Liberazione: che bisogna difendersi dall'immigrazione perché rischiamo di diventare tutti meticci. Insomma, bisogna preservare la "razza" europea. Sono tornato a casa e mi sono messo subito a scrivere quello che state leggendo. E così a domanda ho risposto: Noi, qui, stiamo bruciando. E le responsabilità sono molte, e non solo politiche. Certo, il primo ministro del governo precedente, Paulo Portas (destra radicale), ha dotato il Portogallo di un sottomarino preferendolo ai Canadair; quel governo non ha mai organizzato un efficace servizio forestale e di prevenzione. Ma ci sono anche altre cause: la scriteriata arborizzazione di pini ed eucalipti avvenuta anni or sono; i proprietari di pinete che le lasciano bruciare per incassare le sovvenzioni governative; l'ingordigia di certi costruttori civili o di impresari turistici.

Ebbene, per tutti questi motivi, "noi, qui", stiamo bruciando. Ma c'è da aggiungere una cosa: questi incendi, che un cronista retorico definirebbe «di dimensioni bibliche», sono incendi che si spengono con l'acqua e con la schiuma. La gente soffre e soffrirà, ma altri ulivi cresceranno, e vigne e querce e frutteti. E i quattro ragazzini che al caffè del villaggio, posate le canne da pesca in un angolo, stavano stretti spalla a spalla davanti alle spaventose immagini della televisione (uno di loro con gli occhi chiari dei Celti che qui abitarono anticamente, due dall'aspetto mediterraneo e il quarto con i capelli ricci e un colorito più scuro che gli viene da un padre o da una madre africana), da grandi, nel loro paese, saranno ancora amici, così almeno tutto lascia pensare. Perché in questo paese, che pure ha avuto un fascismo più lungo del nostro, l'idea malata di «razza pura» non ha mai attecchito. E se un rappresentante delle istituzioni osasse pronunciare la parola «meticcio» sarebbe cacciato a furor di popolo.

Ma come saranno da grandi i giovani del meeting di Rimini davanti ai quali il senatore Pera ha pronunciato le sue sinistre parole, con la credibilità che ha per un ragazzo una delle massime cariche dello Stato? Quel senatore, con la sua autorità, ha insinuato una scintilla in un materiale più infiammabile dei pini del Portogallo: l'animo umano. Leggendo le sue parole si capisce a ritroso perché l'Italia nel '38 firmò le leggi razziali; e il re che le firmò non aveva certo un fisico da atleta, "razzialmente" parlando. L'Europa del secolo scorso sa quali risultati spaventosi ha prodotto l'idea di «razza pura». E il suo maggiore predicatore, che teneva discorsi infiammati ai giovinetti "ariani" vestiti con l'uniforme, fra l'altro era sifilitico.

Cari amici, per concludere, qui "da noi" si brucia. Ma temo che «da voi» il fuoco covi sotto la cenere. E se scoppierà l'incendio, i pompieri serviranno a ben poco. Già anni fa ebbi uno scambio di opinioni con un romanziere sull'efficacia dei pompieri intesi come unico rimedio contro gli incendi. Purtroppo ci sono incendi che non si spengono con l'acqua.

(*IM*, 27.12.2005)

Per chi ha scelto il Percorso A

Come sarebbe nata la civiltà italiana se Fenici, Greci, Arabi ed Ebrei non fossero venuti a meticciare la purezza autoctona degli italici vestiti di pelli caprine? E questi sono solo intellettualismi istituzionali? La voce profonda, la vox populi, *quella che viene dell'intestino crasso, l'avete già vista alla Casella venti, mentre in certi salotti continuava la crisi del pensiero lapalissiano. Ma insomma, si arrovellavano i suoi antichi e ora dubbiosi sostenitori, dire «sporco negro», sarà mica reato? Per rispondere a questo quesito ed uscire dal rovello, ci vorrebbe un Garante che ricordasse a chi sta dubitando che non c'è nulla di cui dubitare: il razzismo è davvero razzista e conosciamo dei bianchi che hanno l'anima nera come il carbone. Un Garante che scacciasse i mercanti dal tempio. Vi proponiamo allora un assaggino della sua casella: per confortarvi con quello che un presidente può ancora fare, tornate alla* **Casella ventinove**.

Per chi ha scelto il Percorso B

«Ma questa è propaganda razzista!», potrebbe gridare qualche malintenzionato. Ma no, sono solo intellettualismi istituzionali. La voce profonda, la vox populi, *quella che viene dall'intestino crasso è un'altra. E per fortuna quando ha fatto sentire i suoi borborigmi c'era un antropologo con il registratore. Tornate alla* **Casella ventidue**.

Casella trentuno

Casella garante

Quando ero ragazzo, con mio nonno, guardavo le partite della nazionale. Erano i tempi di una tv pioniera, bianco e nero, immagini incerte spesso interrotte da un gruppo di pecore, dove c'era scritto «intervallo» per difetto di collegamento. La nazionale era piena di giocatori che venivano chiamati «oriundi». Avevano nonni italiani, erano nipoti di poveri emigranti scappati dalla miseria e dall'Italia umbertina o fascista. Non parlavano neppure italiano, parlavano spagnolo o brasiliano, e dicevano «me siento mucho italiano, me gusta mucho». Erano quelli che oggi si chiamerebbero extracomunitari, cui l'Italia non prendeva ancora le impronte digitali. Mio nonno era un uomo serio e concreto. Era un decorato della Grande Guerra che aveva combattuto sulla Marmolada dove aveva perso le dita di un piede per un congelamento. Poi aveva subìto le aggressioni fasciste perché era socialista libertario. Chi ha sofferto di più era mia nonna, perché a lei dispiaceva che lo bastonassero un giorno sì e uno no, ma lui la prendeva in altro modo, non come una punizione, ma come una medicina amara che si deve prendere. Era solito dirmi: «Vedi, a me i fascisti non sono mai rimasti simpatici, ma il problema era che neanch'io ero simpatico a loro». Con mio nonno gridavo volentieri «forza Italia». Oggi farlo mi provocherebbe un certo malessere, e penso che gli italiani capiscano perché. Non sarà inutile, allora, precisare una presa di posizione.

Se essere italiani significa digerire la notizia che a Genova ad uccidere Carlo Giuliani sia stato un calcinaccio, lascio questa italianità a Voi. Se essere italiani significa «essere tutti americani» lascio questa italianità a Voi. Se essere italiani significa partecipare alle guerre degli Stati Uniti, lascio questa italianità a Voi. Se essere italiani significa credere che nel cielo di Ustica sia avvenuto un cedimento di un'aeronave, lascio questa italianità a Voi. Se essere italiani significa che un testimone permetta la condanna di tre persone a oltre vent'anni perché «aveva studiato dai salesiani», lascio questa italianità a Voi. Se essere italiani significa mettere nelle piazze di molti paesi d'Italia i busti di Mussolini e intitolare le strade a fascisti, repubblichini e torturatori, lascio questa italianità a Voi. Se essere italiani significa accettare che un signore possieda oltre l'ottanta per cento dell'informazione italiana, compresa la Rai, lascio questa italianità a Voi. Se essere italiani significa considerare accettabile che un miliardario possieda tutta la distribuzione cinematografica, lascio questa italianità a Voi. Se essere italiani significa accettare che tutti i miliziani del monarca sparino addosso dai suoi giornali a chi non è d'accordo con il gangster di turno, lascio questa italianità a Voi. Se essere italiani significa accettare che una banda di poliziotti invada una scuola nottetempo, percuota e torturi, sospendendo le garanzie costituzionali, lascio questa italianità a Voi. Se essere italiani significa accettare che le opere d'arte di questo meraviglioso paese siano svendute e bistrattate, lascio questa italianità a Voi. Se l'Italia è un paese dove per falso in bilancio non si va più in galera, lascio questa italianità a Voi. Se essere italiani significa appartenere a un paese in cui un signore dalle belle cravatte che si crede di sinistra fa cadere un governo democratico, lascio questa italianità a Voi. Se l'Italia è un paese nel quale durante l'intervallo della partita Italia-Messico il conduttore del Tg1 pubblicizza il libro del dottor Bruno Vespa, lascio questa italianità a Voi.

Nella fretta ho tralasciato stupidamente la P2, la strage della stazione di Bologna, di piazza della Loggia, dell'Italicus, di Falcone e Borsellino, la mafia con cui «bisogna convivere», un ministro dei Lavori pubblici che è titolare di aziende di lavori privati e che vorrebbe ridurre l'Italia a un groviera, i mafiosi che hanno fatto gli stallieri nelle stalle di una villa di Arcore, un *lodo* di qua e un *lodo* di là (ma non nel senso di lodare di cui l'Italia è ben servita). Io non ne so nulla, personalmente; se ai cittadini italiani tutto ciò interessa, chiedano eventualmente a Carlo Azeglio Ciampi, garante della nostra Costituzione, a cui forse è stato detto qualcosa, per garbo.

© *EPI* (*U*, 14.06.2002)

Per i lettori del Percorso A e del Percorso B

Anche questa volta la Casella garante chiude il giro. E permette di tornare in gioco. Un regime? Un regimetto?, ci si chiedeva. Giudicate voi. Se lo Stato è occupato da interessi privati, giudicate voi. Se l'informazione non è più informazione, giudicate voi. Se poca è la libertà di parola che resta, giudicate voi. Se il Garante fa davvero il garante, giudicate voi. Non dimenticando, però, che con una sua lettura della Costituzione il presidente della Repubblica ha definito «patrioti» gli italiani inviati in Iraq. La Costituzione italiana è chiara, «l'Italia ripudia la guerra». Con un lessico bollito che sa di funzionario pubblico e di carta bollata, il presidente si è schierato. Nel frattempo, però, la guerra continuava a fare vittime. E dove scoppiavano bombe si sentiva un acre odore di bruciato, di massacri, di sangue e di torture. Ma come può una democrazia andare gratuitamente in guerra? Non è la prova che democrazia non è, che alcuni utilizzano i loro eserciti per moltiplicare i propri guadagni? Per approfondire il tema, scegliete il ***Percorso A*** *e passate alla* ***Casella trentadue****. Se invece volete vedere in opera il giovanilismo militarista che ogni volta che squillano le trombe percorre il nostro paese, scegliete il* ***Percorso B*** *e saltate alla* ***Casella trentaquattro****.*

QUINTO GIRO

La guerra

Ove ci si occupa di guerre benefiche e filantropiche; di butteri che allorché il Cristo li chiama sanno essere anche condottieri; di sgradevoli massacri ma come si sa inevitabili; e, per nostra salvezza, del lirico conforto di una personalità della poesia: Marinetti.

Casella trentadue

Giovanili e palestrati

La prima volta che l'Europa viene chiamata con disprezzo «vecchia» è nell'aprile del 1909. Succede a Milano. Il luogo dell'invettiva è la rivista letteraria *Poesia*. Questo proclama, specifica Marinetti, nasce dall'esigenza di rispondere per le rime agli insulti con i quali il «Futurismo trionfante» è stato ricevuto dalla «vecchia Europa». Per Futurismo trionfante, Marinetti intende quel *Manifesto del Futurismo* (oggi molto amato nell'italianistica universitaria e da certi manuali scolastici) da lui stesso pubblicato pochi mesi prima su *Le Figaro*. Vi si legge: «Noi vogliamo esaltare il movimento aggressivo, l'insonnia febbricitante, il passo ginnico, il salto pericoloso, gli schiaffi e i pugni». E qui Marinetti, in opposizione alla «vecchia Europa» e alla sua cultura stantia, esprimeva il proprio concetto di modernità: «Noi dichiariamo che lo splendore del mondo si è arricchito di una nuova bellezza: la bellezza della velocità. Un'automobile ruggente che sembra correre sulle ali della mitraglia è più bella della Vittoria di Samotracia... Noi vogliamo demolire le biblioteche, combattere il moralismo, il femminismo e tutti i vigliacchi... Noi vogliamo glorificare la guerra, unica igiene del mondo, il militarismo, il patriottismo». Di lì a non molto, a mettere in pratica questi principî, ci avrebbe pensato Mussolini.

La «vecchia Europa», segnata da una «pensosa immobilità», era l'Europa di scrittori e intellettuali che si chiamavano André Gide, Julien Benda, il futuro premio Nobel Romain Rolland (autore del pamphlet pacifista *Al di sopra della mischia*), Henri Barbusse, Heinrich Mann (che per la sua opposizione ai nazisti finì prima in Francia e poi negli Usa), Robert Musil (che con *I turbamenti del giovane Törless* aveva dimostrato di non prediligere l'educazione militare come Marinetti), Edward H. Foster e Gaetano Salvemini. Questa «vecchia Europa», contro la quale Marinetti si scagliava, era in sostanza l'Europa degli scrittori, pensatori, filosofi e intellettuali ed era contro questa cultura, contro questo "vecchiume" che già tuonava il "moderno" Marinetti, strillando in quel suo proclama: «La guerra, nostra sola speranza, nostra ragion di vita e nostra unica volontà! Sì, la guerra! Contro di voi che morite troppo lentamente!».

A un secolo di distanza, le parole di Marinetti sembrano ritornare sulle labbra del presidente degli Stati Uniti, George W. Bush, incalzato dalle compagnie petrolifere e dalle poderose fabbriche di armi che l'hanno sostenuto in campagna elettorale e che in questi ultimi anni hanno fabbricato tonnellate e tonnellate di ordigni. I magazzini vanno svuotati, altrimenti il ciclo di produzione si inceppa. Le bombe, al pari dello yogurt, hanno una data di scadenza: l'uranio, si sa, è un elemento impaziente. Dal suo punto di vista, e statistiche alla mano, il presidente degli Stati Uniti non ha tutti i torti: noi moriamo troppo lentamente grazie alla qualità della vita e l'Europa diventa sempre più vecchia. I bambini iracheni, poi, nel morire rivelano una lentezza esasperante. Ma, oltre che sulla necessità di una bella igiene del mondo, Bush mostra con Marinetti affinità anche sulla sua concezione di ciò che è "nuovo" e di ciò che è "vecchio". L'America ha sempre sentito un senso di filialità verso il continente che l'ha generata. Sapeva di essere ricca e potente, ma anche giovane, molto giovane. Sapeva che sotto le fondamenta dell'Empire State Building non c'erano le pietre del Partenone ma le praterie dove prima scorrazzavano le mandrie selvagge dei bufali e le libere tribù dei nativi, sterminati in un genocidio. Questa giovinezza, peraltro con le ammirevoli doti proprie della giovane età celebrata nel più bel poema della letteratura americana, *Foglie d'erba* di Whitman, era intesa da buona parte della società medio-colta americana, e dalla migliore classe politica, con tutti i limiti che la gioventù comporta: l'ingenuità, la mancanza di esperienza, la fragilità culturale di un paese che per organizzarsi ha avuto bisogno dei modelli della vecchia Europa.

L'arrivo di Bush ha coinciso con la pienezza di quella che viene chiamata «rivoluzione tecnologica», anche se essa era già in atto. Un presidente come Bush, texano, che in vita sua ha visto solo vacche e pozzi petroliferi, che non ha mai viaggiato, che ignora totalmente il mondo, che non parla nessuna lingua oltre al suo inglese dal lessico limitato, con un grado di cultura basso e con un quoziente di intelligenza che non pare entusiasmante, ha probabilmente equivocato fra tecnologia e civiltà. Per lui la tecnologia è l'equivalente di civiltà e di cultura. Il resto (dal diritto romano all'*habeas corpus*, da Aristotele a Kant, da Hegel a Bertrand Russell, dal diritto internazionale alla Carta dei diritti umani dell'Onu) non esiste. Anzi, è roba vecchia. Con un concetto molto vago dell'intelligenza, ripone la sua fiducia nelle bombe "intelligenti" per risolvere sbrigativamente il problema del terrorismo internazionale e di certi oscuri personaggi che i servizi segreti del suo paese hanno costruito con le loro mani. Del resto basta vedere come ha ridotto le garanzie di una democrazia che sembrava solida e che si è dimostrata di una fragilità allarmante.

Il tutto trova un corrispettivo nell'ideologia senza ideologia dell'Italia del governo Berlusconi, col suo «nuovo che avanza», la modernità intesa come modernizzazione, la trimurti culturale che Berlusconi predica, il vitello d'oro delle tre i: Inglese, Informatica, Impresa. Una modernità tecnologico-economica che i due *friends* hanno scambiato per la *civiltà occidentale*, e che dunque possono permettersi di anteporre ad altre civiltà. Una modernità che non ha capito i rischi che tale modernità reca con sé, quelli contro i quali già alzava la voce Allen Ginsberg nella poesia *America*. È ben altra l'America che la vecchia Europa ama: la voce di tutti coloro che hanno messo in guardia l'America dalla sua grandezza, e che per questo l'hanno fatta grande altrimenti. È l'America della Long Island che accoglieva gli emigranti provenienti da un'Europa che non riusciva più a sfamarli, e che li accoglieva con gli ideali di uguaglianza che la vecchia Europa aveva inventato ma che non sapeva mettere in pratica; l'America degli uomini che vennero in Spagna a combattere il franchismo; l'America che scese in guerra contro il nazifascismo.

Il missilistico presidente texano non ha capito che, comunque sia, la vecchia Europa ama l'America di Hemingway, di Salinger, di Joseph Heller, di Noam Chomsky, di Philip Roth, di Susan Sontag, di Oliver Stone, di Sidney Pollack, di Sean Penn, del *New York Times*, del Watergate svelato, del premio Pulitzer, di Bob Dylan, di Joan Baez, di Louis Armstrong, di Chet Baker, di Jackson Pollock, di Edward Hopper, di Richard Avedon, ma la lista sarebbe infinita: quell'America che George W. Bush detesta, che appartiene all'Europa e al mondo e nella quale ci sentiamo tutti americani.

© *EPI* (*U*, 22.02.2003)

Per chi ha scelto il Percorso A

È sospetta una democrazia che entra a cuor leggero in guerra. Squilla la fanfara, i militari partono verso il fronte, mamme, spose e fidanzate agitano i fazzoletti: come è idillica questa partenza vista nelle cartoline celebrative. Sembra vadano a una festa; andranno davvero a fare del bene? E cosa troveranno nel luogo dove arriveranno, bambini esultanti e prati fioriti? La rappresentazione della partenza al fronte cambia se riuscite a sfuggire allo stereotipo e pensate cos'è davvero la guerra. Allora il pic-nic può diventare un incubo: saltate alla ***Casella trentaquattro****.*

Per chi ha scelto il Percorso B

La Storia è vecchia, e come sappiamo si ripete. Nel corso dei secoli molti sono i condottieri che per gloria o per i propri affari hanno portato massacri nel nome della libertà. Saltate alla ***Casella trentacinque****.*

Casella trentatré

Lettera a una signora irachena

Gentile Signora irachena, come dice il proverbio, la fame toglie il lupo dal bosco. Ha visto che voglia di elezioni c'era nel suo paese? Lei deve capire: le libere elezioni hanno il loro prezzo. Anch'io capisco la sua obiezione: centomila morti sono un po' tantini. Ma ieri Lei e la sua vicina avete potuto intingere un dito nell'inchiostro e alzarlo in alto con l'orgoglio di chi dice: con questa impronta digitale sulla scheda io sancisco la libertà di scegliere un mio rappresentante al parlamento democratico che gli Stati Uniti ci hanno regalato. Faccia questo ragionamento e vedrà che in confronto centomila morti Le sembreranno una bazzecola. Come dice? Una bomba Le ha distrutto la casa e Le ha ucciso quattro figli? È doloroso, lo capisco. E l'unico figlio sopravvissuto è rimasto senza le braccine? Povero piccolo. Ma che se ne faceva delle braccine vere se non poteva votare? Anche suo marito è rimasto ucciso? Dispiace. E suo fratello? Si è finto un mendicante e quando è arrivato al posto di blocco americano ha tirato fuori una pistola mitragliatrice e ha sparato sui soldati? Questo non me lo deve dire, Signora. Suo fratello, per esternare il suo disappunto, ha scelto una via politicamente incorretta. Voi iracheni non siete leali, non combattete ad armi pari, non rispettate la Convenzione di Ginevra. Sulla questione delle pressioni sui prigionieri mi consenta di non essere d'accordo con Lei. È vero che i mezzi sono quelli all'antica e non posso smentirla perché esistono documentazioni fotografiche: scariche elettriche sui genitali, percosse con bastoni di ferro, denudamenti, incatenamenti, guinzagli, sodomizzazione con vari attrezzi adatti alla bisogna, compreso il tradizionale organo maschile. Ma vede, gentile Signora, non sono i mezzi che contano. Se queste pratiche si attuano per scopi antidemocratici, ad esempio per instaurare una dittatura, il fine ignobile rende certamente ignobili i mezzi. Ma se essi vengono messi in pratica per raggiungere un fine nobilissimo come la democrazia, ma santo iddio, lo vuol capire o no che i mezzi ne vengono nobilitati?

Sulle motivazioni che ci hanno indotto a intervenire nel suo paese Lei ha apparentemente ragione. Ma Le devo svelare un segreto. Sempre, fin dal primo momento, l'obiettivo del nostro presidente è stato portarvi la democrazia. Solo che non poteva rivelarlo perché se avessimo dichiarato subito i nostri nobili motivi il mondo non ci avrebbe creduto. E così abbiamo dovuto ricorrere a un piccolo stratagemma: il nostro segretario di Stato, agitando davanti all'assemblea dell'Onu una fialetta, ha sostenuto che si trattava di un liquido micidiale, di un'arma di distruzione di massa, e che di tale liquido il vostro paese aveva depositi immensi. Ma era un trucco innocente! Non era un liquido micidiale, era inchiostro elettorale! È vero che ci hanno creduto in pochi e il mondo intero è sceso in piazza. Sa, la gente comune è fatta così, crede che la guerra sia un male indiscriminato, non ha capito che non tutto il male viene per nuocere. Capisco la sua obiezione: alcuni anni fa il vostro dittatore era un nostro alleato. Lo ammetto. Gli abbiamo perfino dato armi e gas, perché aveva problemi con gli iraniani e i curdi. Ci siamo fidati. Succede a tutti. Errare è umano. Comunque ultimamente era peggiorato.

Oggi è un grande giorno per la Democrazia Assoluta. Batti e ribatti abbiamo fatto capire che l'urna è il bene supremo dell'umanità, costi quello che costi. Ed è un giorno di sconfitta per i pacifisti. Si vergognino! Noi abbiamo dimostrato che la pace non porta a nulla. La pace crea solo conflitti, provoca guerre, porta morte e distruzione. Anch'io ero pacifista, una volta, e me ne vergogno. E guardavo con sospetto alle democrazie parlamentari, tanto che me ne tenevo fuori, mi dichiaravo "extra". E avevo ragione, perché il pernicioso modello erano le socialdemocrazie scandinave, che sono ancora percorse dalla pericolosa ideologia del pacifismo. Mi creda, Signora, sono democrazie tanto noiose: in quei paesi i cittadini si annoiano a sangue, e poi d'inverno fa buio presto e un freddo cane.

(*IM*, 05.02.2005)

Per i lettori del Percorso A e del Percorso B

Ricordate cosa diceva Keynes: «L'inevitabile non accade mai, l'inatteso sempre»? Il presidente americano George W. Bush, che aveva spostato tutte le sue forze per andare a rimediare le sciagure di un altro paese, non aveva pensato che la sciagura, per sua natura, ti può arrivare anche in casa. Roba da restare con un palmo di naso. Saltate alla ***Casella trentasei****.*

Casella trentaquattro

Il sonno della ragione produce mostri

Di una cosa ero certo: che io potevo vederli, ma non potevo essere visto. Eppure avevo la sensazione di essere esposto in piena luce, seduto in prima fila, come a teatro. I loro gesti mi giungevano nitidi come l'odore che i loro corpi emanavano. Era un odore greve e dolciastro, lo stesso che avevo avvertito in un anno ormai lontano quando, in un obitorio di una cittadina di un paese straniero, ero dovuto andare a riconoscere il cadavere di un mio amico naufragato con la sua barca. Era uno spettacolo, di questo ero certo. Ma quello spettacolo era rappresentato in tutta la sua nuda verità, ed era vero perché era più vero del vero. La scena si svolgeva sulle banchine di un porto di una città mediterranea, illuminata da un sole meridiano che conferiva alla scena quella luce allarmante che hanno certe fotografie sovraesposte. Al molo era attraccata una nave d'acciaio, certamente da guerra, misteriosa e minacciosa come la corazzata di un vecchissimo film. Era ornata da cannoni e da una bandiera di tre colori che garriva al vento.

Sul molo che vedevo dalla mia finestrella, seduto comodamente sulla mia poltrona al riparo da sguardi indiscreti, è apparso il volto di un uomo con aria trionfale. Un liquido oleoso gli scendeva dai radi capelli e gli irrorava le guance, rendendolo lustro sotto i raggi di un sole che forse era artificiale. «Buonasera», ha detto con voce melliflua, «sono il dottor Melanoma, ogni mio servizio è un servizio ai Servizi, e così preferisco chiamarmi per quella natura sarcomatica che vuole la mia funzione di officiante, di questa solenne riunione nella quale saranno decise le sorti del nostro villaggio! Il dio Caprone, di cui siamo gli umili servi, oggi raduna qui le sue folle veneranti. Che la processione cominci!». A quel punto sono risuonate nell'aria le note di un inno marziale. Un grande coro, anzi, un vociò, accompagnava quella musica pomposa. Ma era impossibile distinguere nitidamente tutte le parole. Si coglievano solo spezzoni qua e là, come sintagmi isolati di una litania: «Guerra, guerra, guerra». E poi altre parole sussurrate, sillabe alate, incompiute, monche: «Arti amputati – ah, ah, ah – corpi dilaniati – ah, ah, ah – teste maciullate – ah, ah, ah – sangue, sangue, sangue».

Il corteo è apparso in fondo al molo, avanzando. Lo guidava una sinistra figura dall'aspetto che incuteva terrore. Era un uomo obeso, dai capelli scarmigliati e le guance arrossate. Il suo ventre enorme terminava sugli inguini, che poggiavano su una piccola piattaforma di legno sotto la quale erano state disposte quattro piccole ruote. Quella tavoletta era il suo mezzo di locomozione, che il grassone guidava e manovrava aiutandosi con le mani sul terreno. Sul suo carrello improvvisato svettavano due vessilli. Su uno c'era scritto «I combattenti e i reduci delle guerre di civiltà». Sull'altro, un foglio di carta straccia tutta macchiata recava la frase: «Gli amici di Adriano». La mia memoria sognante ha associato quel nome a un libro che mi è caro, perché di Adriano conosco le memorie, ma poi, nell'inconsapevolezza lucida del sogno, ho capito il mio equivoco.

Il capogruppo ha estratto da una tasca una bandiera piena di stelle con la quale ha avvolto il suo moncherone obeso e ha gridato: «Avanti, eroi, per la polvere di stelle!». Dietro di lui avanzava una figura femminile che gridava come un'erinni: «Sono sua moglie! Sono sua moglie! Noi abbiamo insegnato agli italiani, con la verità degli schermi televisivi, come si pratica il sesso». Ho cominciato ad aver paura. E a quel punto è scoppiata la musica: un'orchestrina di fiati, dietro di lui, ha intonato un celebre swing: *Star dust*. Ho guardato meglio. Dal gruppo si è staccato un individuo dall'aria superba e dallo sguardo gelido, vestito con un abito elegantissimo. Si è diretto verso un uomo vestito di un impermeabile di cuoio nero che li osservava sulla destra del molo e che teneva in mano una pistola e un rotolo di dollari. «Le ho portato le foto segnaletiche di tutti coloro che stanno dalla parte del nemico», ha detto in tono beffardo l'uomo dall'elegante vestito grigio, «finalmente questo paese è libero di denunciare i traditori». Poi si è girato verso il mio punto di osservazione, e per un attimo ho pensato che si rivolgesse a me, che mi avesse scoperto, anche se probabilmente si rivolgeva al suo pubblico. La sua voce, con tono metallico, scandiva frasi pronunciate con una sintassi italiana elementare. «Non fare lo sciocco, amico, scrivi romanzi e basta, noi saremo tolleranti se ti comporterai bene». Dietro di lui venivano altri ometti in doppiopetto. Avevano il volto minaccioso e il braccio steso in avanti, con il palmo della mano aperto sul quale c'era scritto con l'inchiostro: «Ministro della repubblica». Solo a quel punto mi sono accorto che tutti i componenti della processione avevano delle protesi artificiali: chi con una gamba di legno, chi con delle braccia di metallo, chi, ormai privo di braccia e gambe, agitava nell'aria con fare esultante arti artificiali di acciaio lucente. Ciascuno di loro portava sul bavero della giacca un cartellino con scritto «Reduci dalle guerre di civiltà», mentre un vecchietto bonario, vestito da chierichetto, li benediceva con un aspersorio.

E a quel punto il tronco amputato del grassone ha gridato: «Che il sabba cominci! Dio salvi la civiltà, la civiltà che per tutti questi anni abbiamo imposto nel mondo, quella nostra, quella vera, quella per la quale i nostri Servizi si sono adoperati a prezzo delle proprie vite e soprattutto delle vite altrui, quelle vite che per fortuna abbiamo rinchiuso negli stadi in Cile e gettato dagli aerei nei mari dell'Argentina». La musica è salita di intensità, come colta da una frenesia. Il corteo di sciancati, i reduci da tante battaglie, è finalmente esploso in una danza carnevalesca animata dall'euforia panica di chi capisce che è ancora vivo, di chi possiede ancora un sangue robusto che irrora le sue protesi. E mentre il sabba raggiungeva il suo spasimo in un pandemonio di voci urlanti e di corpi dimenanti, un cane ha furiosamente abbaiato nelle tenebre, attraversando i miei timpani. La nausea è stata più forte del sogno, ho avuto un sobbalzo e mi sono svegliato. Era notte fonda, e dallo schermo del televisore giungeva solo quella polverina elettrica di quando le trasmissioni sono finite. Ah, era stato solo un incubo, un terribile incubo. Per fortuna mi ero svegliato alla realtà: intorno a me c'era solo l'Italia di oggi.*

(*U*, 08.12.2001)

Per chi ha scelto il Percorso A

La televisione come la cipria sa ingentilire anche le cose più tremende. Essa ci fornisce la "sua" rappresentazione della guerra. Quella che più conviene a chi la televisione la controlla. Ma per fortuna ci sono altre forme per raccontarla o per descriverla. Ci sono sempre state: provate a vedere alla ***Casella trentacinque****.*

Per chi ha scelto il Percorso B

Sogno o son desto?, si dice nei romanzi di appendice. È la realtà che si trasforma in incubo o l'incubo che si tra-

* Fornisco le fonti principali di questo sogno: 1. Retrospettiva Goya al Museo del Prado di Madrid, ove particolare attenzione era dedicata alle opere più cupe e dissacratorie come *I disastri della guerra* e ai quadri sui roghi dell'Inquisizione e sui sabba che in quell'epoca popolavano la vita e l'immaginazione delle persone. 2. Francisco Goya, *El libro de los Caprichos*, a cura di J. Blas, J. Manuel Matilla e J. Miguel Medrano, Ediciones del Museo del Prado, Madrid 1999. 3. Carlo Ginzburg, *Storia notturna. Una decifrazione del sabba*, Einaudi, Torino 1989. 4. Una trasmissione televisiva di Raidue dedicata all'ortopedico italiano Alberto Cairo che da anni opera a Kabul e che finora ha costruito e installato nei corpi degli afghani quarantamila protesi di gambe e braccia amputati dalle bombe e dalle mine. 5. Un talk-show televisivo della Rai in onda tutte le sere. 6. Svariati telegiornali di Mediaset e della Rai. 7. Mimmo Franzinelli, *Delatori. Spie e confidenti anonimi. L'arma segreta del regime fascista*, Mondadori, Milano 2001. 8. La bozza di progetto di uno Stato poliziesco elaborata dal governo. 9. Il nostro inconscio, su cui nessun governo, neanche quello di Berlusconi, ha per il momento esteso alcuna legge.

*sforma in realtà? L'onirico e il reale a volte si intrecciano. E i fantasmi, le maschere che ci torturano, nella realtà prendono carne. Tale teatrino lo troverete alla **Casella trentadue**.*

Casella trentacinque

Guerre vere e guerre televisive

La modernità, con i suoi mezzi tecnici, ha rovesciato un detto che pareva di una saggezza incrollabile: «Lontano dagli occhi, lontano dal cuore». Questo miracolo all'incontrario si deve alla televisione. La televisione fa vedere: ci porta davanti agli occhi una sciagura lontana. Eppure, dicono gli esperti della materia, questo mezzo così efficace nel mostrare addirittura in "tempo reale", è altrettanto efficace come oppiaceo sulle emozioni che reca con sé. Una delle sciagure di sempre che grazie alla televisione la modernità ha banalizzato, è la guerra. Oggi noi percepiamo la guerra non più per quello che realmente è, ma per come ci viene mostrata. Remota, efficace, ma praticamente priva di sofferenze, come il raggio laser del nostro dentista che al contrario del vecchio trapano ci libera rapidamente da una fastidiosa carie, la guerra moderna (fra l'altro assai più letale di quella antica) ci sembra un'inezia. Non più corpi mutilati, cancrene, corsie infette, sangue e pus.

Più di una volta, in questi ultimi anni, mi sono sentito chiedere da giornalisti cosa ne pensasse una persona come me, che usa la parola, di un mezzo così desueto e assolutamente non competitivo rispetto all'immagine, nell'epoca della civiltà dell'immagine. Insomma, banalizzando, la domanda banale che mi veniva fatta era che cosa ne pensassi della «morte della parola».

Che la parola sia più viva che mai mi pare dimostrato dal fastidio che essa continua a destare nella cosiddetta civiltà dell'immagine. Ripescherò due termini che avevamo l'illusione fossero passati di moda: interventismo e non-interventismo. Mi pare innegabile che a favore dell'interventismo si sia schierata la civiltà dell'immagine: non solo per la mancanza di emozione con cui la tv ci porta le immagini dei disastri, ma soprattutto perché l'immagine televisiva è più addomesticabile e controllabile della parola. Basta una Cnn e la guerra diventa un gioioso fuoco d'artificio; basta una Mediaset e la guerra diventa una necessità portata con fede, speranza e carità. La parola invece è alata, vola nell'aria, non è imprigionabile in un tubo catodico, sfugge ai palinsesti, ai talk-show imbalsamati, alle conferenze stampa di ministri e generali. La parola è voce. E la voce è imprendibile, clandestina. Si sparge e si diffonde.

Nel 1808 le truppe napoleoniche muovono verso la Spagna. L'idea che guida l'invasore è un'idea di democrazia e di libertà. Napoleone reca sui propri vessilli la triade *Liberté-Égalité-Fraternité*, un'indiscutibile conquista dell'umanità di progresso e di democrazia. La penisola iberica in quell'epoca è dominata da monarchie che certo non potremmo definire liberali. Quando le truppe napoleoniche invadono la Spagna, Napoleone "porta" in quelle regioni la democrazia e la libertà con la guerra. E Goya lo vede. E qualcosa succede in lui. La sua pittura, fatta di pastelli, di rosa e di azzurri, improvvisamente precipita in uno sfondo di tenebra dove si scorgono fiamme all'orizzonte. Carneficine, bestialità, massacri, supplizi, orrori entrano con prepotenza nei suoi occhi e nei suoi quadri. Dal 1808 al 1814 in Spagna sono anni di terrore, di delazioni, di tradimenti, di stupri, di impiccagioni, di incendi. La Spagna di Goya era rimasta fino ad allora oppressa dal feudalesimo e dal clero, vessata dalla tirannia e dall'Inquisizione, e Goya aveva idee liberali e moderne. Ma la sua coscienza, la sua sensibilità di uomo e di artista sono superiori alle ideologie. Prima di tutto egli vede gli orrori che la guerra porta sulla carne delle persone. E la sua pittura fissa insuperabilmente questi orrori. Nascono non solo quelle impressionanti pitture a olio dove un feroce Gigante della guerra mutila e divora gli uomini, non solo quel terribile piccolo cane giallo sepolto nella sabbia che forse simboleggia non tanto una delusione esistenziale o sentimentale, quanto la sua muta disperazione di fronte alla Francia, la nazione portatrice di quei valori nei quali egli credeva. Possibile, si chiede Goya, che gli ideali di libertà ed eguaglianza vengano portati con carneficine e massacri? Se oggi, come allora, vogliamo riferirci agli orrori che in nome delle buone intenzioni chiunque può portare dappertutto, i *Disastri della guerra* di Goya sono un monumento imprescindibile. Goya ci parla della carne offesa, del disgusto per la guerra e della pietà per gli uomini. Provate a leggere qualche pagina di testimonianza sulle guerre contemporanee: vi sembrerà del puro Goya. Parlo semplicemente di testimonianze di qualcuno, come Gino Strada che, oggi, di certe guerre che ci vengono raccontate in televisione come favole belle, può dire: io c'ero.

Al tempo di Goya non mancarono quotati intellettuali che esponevano teorie convincenti, scrivevano su gazzette, e confortavano il mondo di allora spiegando serenamente che la libertà e la giustizia hanno un prezzo e bisogna pure pagarlo. Di quegli intellettuali "saputi", i politologi di allora inneggianti alla libertà e al progresso che portava Napoleone imperatore si potrebbero fare i nomi, ma non direbbero niente a nessuno, perché la Storia li ha inghiottiti. Per un semplice motivo: quella, allora, era la "lingua" corrente. Mi riferisco, con questo termine, al grande linguista Ferdinand de Saussure, che ha studiato il linguaggio umano, dividendolo in *Langue* e *Parole* («Lingua», «Parola»). La *Langue* è una musica indistinguibile. Tutti i violini del mondo hanno la stessa voce. Finché non arriva un violino che ha una voce speciale. Se tutti gli altri violini sono indistinguibili, quel violino si stacca dal coro, è perfettamente riconoscibile, possiede una sua voce, è la *Parole* secondo Saussure. Credo che siano queste voci, o anche una sola di quelle voci, che disturbano. La *parola* si oppone alla *lingua* corrente. È la voce che esce dal coro.

(*U*, 23.10.2002)

Per i lettori del Percorso A e del Percorso B

Però, dice il proverbio, non tutto il male vien per nuocere. E Bush di questo adagio è un profondo sostenitore.

Gli americani hanno fatto migliaia di vittime? Hanno distrutto un paese? Hanno massacrato donne e bambini? Hanno annichilito intere città? Hanno richiamato in quel luogo tutto il fondamentalismo islamico e tutto il terrorismo internazionale? Ebbene, sì, ma come fu per Napoleone in Spagna, lo hanno fatto nell'interesse della democrazia, e per la democrazia si paga sempre un biglietto. Hanno portato una cabina elettorale, forse addirittura due, e ciò suscita la soddisfazione di molti progressisti nostrani. Tornate alla ***Casella trentatré****.*

Casella trentasei

I torti di Katrina

Dopo l'uragano su New Orleans è curioso vedere le reazioni della stampa dalla quale Bush è amato e ammirato. Il sentimento è soprattutto di irritazione. Perché al di là di quello che è successo, delle vittime, della morte e distruzione che ha seminato, l'uragano Katrina ha un "torto". Ha fatto capire a chi non lo aveva ancora capito che George W. Bush è un signore dal cervello un po' rallentato e la sua amministrazione è una *gang of crooks and shits*, come dicono gli americani, o una banda di stronzi, come si tradurrebbe alla lettera in italiano. E quello di Katrina non è un torto da poco, per la stampa di cui sopra. Per il semplice motivo che Bush era Colui-che-stava-salvando-il-mondo, il redentore di un'umanità turbolenta, litigiosa, afflitta da dittature e da ingiustizie, in procinto di autodistruggersi con micidiali armi di distruzione di massa nascoste nei luoghi più impensati e introvabili da quella incompetente dell'Onu. Ma, per fortuna, c'era Bush. Il quale, avendo ricevuto direttamente da Cristo (dopo la disintossicazione) la missione di portare dappertutto pace e democrazia, metteva ogni cosa a suo posto, ordine e progresso in questo mondo sgangherato. C'era un Male che sorgeva qua o là? Niente paura, arrivava il Bene di Bush a cacciarlo via: il paese più poderoso del mondo, armato di tutto quello che si può desiderare, dalla bomba atomica alle bombe intelligenti, arrivava con le sue portaerei, i suoi cacciabombardieri, i suoi *marines*, i suoi "ragazzi", e risolveva ogni nostro problema.

Ma all'improvviso arriva Katrina, che nessuno aveva messo in conto. I politici riflettono poco sulla Storia e sui suoi capricci, pensano che la si possa addomesticare pianificandola coi numeri, nei quali i politici eccellono: calcoli, sondaggi, grafici, conti. Che sulla carta sono perfetti, ma che non significano che i ragionieri siano degli Einstein. Coloro che avrebbero assicurato al globo terracqueo le indispensabili misure di sicurezza, davanti all'incendio causato da una frittata casalinga non avevano estintori. E non solo; ma loro, che si preoccupano così filantropicamente dei problemi altrui, sui problemi di casa hanno sorvolato, dando ragione al detto evangelico di chi vede la pagliuzza nell'occhio altrui e non vede la trave nel proprio. Nel disastro di New Orleans c'entra il clima, questa variabile che l'amministrazione Bush non aveva messo in conto, e magari c'entra il surriscaldamento dell'atmosfera, a cui la politica di Bush ha dato un aiutino. Sia come sia, si apre un grande problema. Ora che l'uragano Katrina si è preso la responsabilità di mostrare l'America di Bush, un'America con enormi sacche di povertà, di disuguaglianza sociale, un'America segnata dal cinismo, dal liberismo sfrenato e dal fanatismo religioso, l'America della destrutturazione sociale, dove lo Stato è assente e i cittadini sono abbandonati a loro stessi; e soprattutto ora che sappiamo che George W. Bush, che si era assunto il compito di guidare il mondo, non sa neppure guidare la propria automobile, come farà il mondo?

La risposta è semplice: farà come sempre, quando non c'era George W. Bush. E forse farà pure meglio. Ma cosa farà la stampa che ha vissuto e prosperato perché esisteva George W. Bush? E i neocon e le loro teorie, spuntati come funghi dopo la pioggia, che fine faranno dopo l'alluvione? E se il governo italiano organizzasse una vera "missione di pace" in Alabama e in Mississippi? Ah, quanti interrogativi ci pone Katrina, questo ospite inatteso che è venuto a ricordare che noi poveri uomini stiamo qui sulla crosta del mondo e sopra di noi, grandi e piccoli, c'è la volta celeste col sole che ci brucia e la pioggia che ci bagna. E a volte pure qualche grosso meteorite, come quello che fece estinguere i dinosauri.

© *EPI* (*U*, 09.09.2005)

Per i lettori del Percorso A e del Percorso B

Quando il cielo ci cade in capo, il teatrino si sfalda, le quinte crollano, e i festoni di alloro sulla testa degli eroi si inzuppano: c'è poco da fare. Quando in assenza dello Stato le onde di un clima impazzito spazzano via ogni cosa, riportando come unica legge la selezione naturale, il giro è fermo e non resta che rivolgersi al Garante. Passate alla ***Casella trentasette*** (Casella garante).

Casella trentasette

Casella garante

Che dire della raccomandazione del presidente della Repubblica italiana a Bush padre affinché suo figlio prenda in maggiore considerazione il nostro Berlusconi? Chi fa una raccomandazione del genere vuol dire che ha considerazione per chi sta raccomandando. Voi ve la sentireste di raccomandare una persona che non stimate?

Dagli ampi stralci riprodotti sui giornali, quella di Carlo Azeglio Ciampi a Bush senior ha l'aria di una lettera amministrativa, dotata di una retorica di circostanza, priva di argomenti di diritto internazionale validi, che ricorda solo (giustamente) l'enorme contributo degli Stati Uniti alla guerra contro il nazismo, ma che non fa nessuna allusione alla sconsiderata politica estera americana del dopoguerra e a tutto ciò che gli Stati Uniti hanno poi combinato nel mondo (in Iran, in Guatemala, in Vietnam, in Cile, in Afghanistan, in Iraq eccetera). In sostanza, non è altro che un lasciapassare, una sorta di credenziale per Berlusconi che dopo una lunga lista d'attesa è stato finalmente ricevuto dalla Casa Bianca. Il capo dello Stato non aveva nessun obbligo di scrivere questa lettera. Scrivendola, e ricalcando in parte le posizioni di Berlusconi, soprattutto nell'impegno militare, egli sposa totalmente, in un momento delicatissimo per il pianeta, una strategia bellica che il governo Berlusconi ha incondizionatamente sposato e che molti osservatori e giuristi internazionali nonché paesi come la Francia e la Germania criticano con forza. La miglior maniera per combattere il terrorismo internazionale saranno stati i bombardamenti all'Afghanistan e l'invasione dell'Iraq? Per il governo italiano senza dubbio sì, e, dunque, leggendo la lettera, anche per il capo dello Stato.

Ma temo che nella sua lettera di impegno alla lotta contro il terrorismo internazionale, Carlo Azeglio Ciampi faccia un salto di logica laddove afferma che l'Italia si impegnerà anche contro le ramificazioni finanziarie del terrorismo stesso. Non so come si possa affermare questo con tanta sicurezza dopo che in Italia è passata una legge con valore retroattivo (in Francia, le ultime leggi con valore retroattivo sono state quelle del regime di Pétain, mi permetto di ricordarlo a Berlusconi e al presidente della Repubblica) che impedisce in pratica alla magistratura di far luce sui possibili legami finanziari che certi capitali italiani imboscati in Svizzera e a Santo Domingo possono avere intrecciato con il frastagliato impero finanziario di bin Laden. Chi ci assicura che certi oscuri arcipelaghi di società off-shore non collaborino a produrre altro denaro per bin Laden? Il denaro, si sa, non ha consapevolezza, è come un organismo che si riproduce per partenogesi. Questo il presidente della Repubblica italiana dovrebbe saperlo, perché non è un politico, ma un tecnico finanziario. La stampa internazionale è molto negativa sull'operato del governo Berlusconi. Ma si ha l'impressione che al Quirinale si presti maggiore attenzione a *La Padania* che a *Business Week*, *The Guardian* o *Le Monde*. L'Europa guarda all'Italia con diffidenza. Ma la logica italiana segue altri percorsi, anche se fa credere di seguire la stessa logica.

Probabilmente la mia è la logica di uno scrittore, e a

chi può interessare in un paese come l'Italia, la logica di uno scrittore? La logica dei politici, sia quel che sia, è sempre un'altra. O forse è la stessa, camuffata da un'altra. Capisci gli uomini per capire un paese, diceva Montesquieu. Resta da vedere se gli americani, che godono della reputazione di ingenuità, crederanno a *La Padania* e ai giornali di Berlusconi o a *Business Week*; alle "garanzie" del presidente della Repubblica italiana o all'allarme manifestato dall'Europa. Gli Stati Uniti hanno avuto migliaia di vittime e hanno capito che, oltre che nel fanatismo, il terrorismo si annida anche nei paradisi fiscali. L'Italia fa due passi avanti come un fedele alleato e contemporaneamente fa tre passi indietro nel favorire l'opacità finanziaria. Questa logica tipica della commedia dell'arte, dell'Arlecchino servitore di due padroni, potrà durare a lungo, vista la crescita del terrorismo?

(*M*, 04.2001)

Per i lettori del Percorso A e del Percorso B

San Francesco era un uomo di pace, per questo era un poeta "impegnato". Jean-Paul Sartre invece ha ingabbiato nella parola "impegno" l'idea di un mondo visto come una tessera di partito. Anche Gramsci ha fatto la sua parte, guardando all'intellettuale come cinghia di trasmissione tra il partito e le classi operaie che dovrebbe rappresentare. «Intellettuale organico», che brutta definizione, ha qualcosa di biologico, di meramente strumentale. Il cervello è ovviamente un organo, ma il pensiero potrà mai essere materia organica? Sia come sia, nella vulgata giornalistica o televisiva, l'artista, lo scrittore, l'uomo di cultura che osa interessarsi alla vita che ci è data da vivere, in tutti i suoi aspetti, compreso quello sociale, diventa un intellettuale organico. Ma la vita è larga, i suoi aspetti infiniti, e tutto merita attenzione e interesse, per il solo fatto di esistere. E così, vivendo e scrivendo, ci capita di pensare a volte alle persone che muoiono di fame o a quelle massacrate dalle guerre, così come a sorella luna, a fratello sole, a un passerotto. A volte l'emozione ci assedia, la voglia di partecipare ci assale; a volte una brezza o una domenica pomeriggio ci fanno sentire inutili e lontani. E fra incanto e disincanto si gioca l'impegno di vivere ogni giorno.

Anche questa volta che il cerchio si era chiuso, la Casella garante vi ha fatto rientrare in gioco. Di fronte al regime, alla perdita di ogni certezza e alla guerra, la vita quotidiana vi richiama all'impegno o a rivendicare il vostro distacco. Perciò il prossimo giro non prevede percorsi alternativi ma un percorso comune a tutti i giocatori. Passate alla ***Casella trentotto****.*

SESTO GIRO
Impegno e disincanto

Ove ci si aggira nell'ambigua contea del cosiddetto "impegno". Che, come l'Araba fenice, cosa sia nessun lo dice, dove stia nessun lo sa.

Casella trentotto

L'impegno, che rebus!

Se un giorno volessi parlare dei cavoli del mio orto mi sentirei libero di farlo. Quel che invece non ho mai fatto, nei miei libri, è stato parlare di me stesso. Identificarmi nel punto di vista altrui, forse è questa la mia maniera di impegnarmi. Mettermi nei panni di un bambino, di un vecchio, di una donna o di un vedovo come Pereira mi permette di allontanarmi dal mio ombelico, di osservare il mondo attraverso altri occhi. Il mio impegno consiste nell'esplorare le diversità rispetto a me stesso, nell'indagare la realtà con gli occhi altrui. Spesso la critica un po' snob di certi giornali mi ha attribuito una presunta iperletterarietà troppo cosmopolita. E perché no: anche dal mio paesello natale, quando ci sto, mi piace occuparmi del mondo, perché il mondo mi riguarda. Lo stesso valeva per Leonardo Sciascia, che della Sicilia è riuscito a fare un paradigma letterario: poteva essere letto benissimo come uno scrittore regionalista, ma è riuscito a elevare il suo paese a una metafora universale. Il suo impegno consisteva in questo. Era cosmopolita?

Eppure, in diversi miei libri ci sono personaggi che guardano il mondo con un'ottica di opposizione. *Piazza d'Italia*, per esempio, è una lunga storia di un impegno degli esclusi: degli anarchici, di coloro che hanno perseguito la tradizione mazziniana, poi repubblicana e garibaldina. Si tratta sostanzialmente di perdenti, ma questo non ne fa un libro direttamente "impegnato", cioè scritto con una finalità politica immediata o chiaramente definibile. Neanche il *Gioco del rovescio* o *Piccoli equivoci senza importanza* sono libri di per sé politici: la mia più che una visione politica è esistenziale, e il *rovescio* o l'*equivoco* possono essere dei modi di leggere la realtà che ci circonda, di guardare l'altra faccia della medaglia. Che poi, a distanza di anni, quella mia visione delle cose si sia prestata a letture di tipo politico, non dipende dalla mia volontà.

La realtà che alimenta la letteratura è una realtà simbolica, filtrata. La letteratura, per questo, è sempre postuma, gli scrittori non sono poi così importanti nel mondo presente perché non parlano per i loro contemporanei. Gli scrittori parlano tutt'al più per i posteri, ammesso che questi li vorranno ascoltare. L'incidenza diretta sui contemporanei è spesso effimera. Sentirsi contemporanei di un'opera d'arte è talvolta all'origine di incomprensioni e di fraintendimenti sulla stessa opera d'arte, mentre la postumità o comunque una certa distanziazione (Brecht lo aveva capito bene) comportano un ripensamento. Un esempio? *Sostiene Pereira* è stato letto come un romanzo che parlava del berlusconismo, ma non dipende certo da me se nell'epoca che stiamo vivendo spirano certi venti (nazionalismi, razzismi, xenofobie, bellicismi), simili a quelli che spiravano negli anni Trenta in cui è ambientato il mio romanzo. Attraverso il salazarismo mi riferisco senz'altro a certe categorie della natura e della Storia, quelle che Umberto Eco ha definito l'Urfascismo, cioè il fascismo eterno.

Impegno? A proposito di un mio racconto dell'*Angelo nero*, sono stato accusato di alludere al processo Calabresi, prendendo le parti di Adriano Sofri. Come scrittore è chiaro che ho interesse per la realtà e per la cronaca. I motivi della nostra ispirazione provengono dagli avvenimenti del mondo che ci circonda, dalla nostra realtà quotidiana, a cui certo non si può rimanere estranei. Oppure da racconti di altri, oppure da certi racconti che ci provengono chissà da dove e che ci cascano in testa come palloncini. Un poeta latino, Catullo, piange un cardellino morto: un pianto apparentemente futile. Ma Catullo sapeva bene che in sé nessun tema conta, conta solo il modo di farlo vivere attraverso la pagina. Anche un futile cardellino può diventare metafora di una vita intera, e se un poeta riesce a realizzare questa metafora, egli ha svolto il suo compito. Ha realizzato tutto il suo impegno.

(*M*, 04.1997)

Per Catullo, l'impegno era preoccuparsi di qualsiasi forma di vita, anche di quella di un cardellino. Ma c'è chi si è assunto l'onere di salvare l'umanità intera. Che non è un compito da poco e che comporta i suoi rischi. Primo fra tutti quello di imporre agli altri una felicità che non gli è congeniale e che non hanno mai richiesto. Sul finire del millennio, un uomo che ha creduto di salvare l'umanità attraverso la fede e un altro che ha provato a farlo attraverso l'ideologia si sono incontrati a L'Avana, forse per fare un bilancio delle proprie esperienze. Andiamoli a trovare alla ***Casella trentanove****.*

Casella trentanove

Il tempo è stanco

Cos'è la povertà? L'uomo vestito di bianco ci sta pensando. È una domanda che lo tormenta. E non lo tormenta per motivi di coscienza di classe o per motivi cosiddetti freudiani. E neanche per motivi esistenziali, perché a lui non manca nulla, da questo punto di vista: non è una questione di stipendio. Diciamo che per lui è una questione fondamentale, un Principio primo che appartiene all'Essere e insieme alla trascendenza, ma non ha niente a che vedere con l'ontologia, e neppure con l'esoterica cosmologia dei presocratici. È una domanda meta-filosofica. È *la* domanda. Beati i poveri di qualcosa perché di essi è il regno dei cieli. Ma cosa vuol dire questa frase? È l'affermazione più misteriosa di tutte. L'uomo guarda fuori dal finestrino le nuvole bianche che sta attraversando. Sono nuvole rotonde e grasse. Nuvole ricche. L'aereo della sua organizzazione è bello e confortevole: perfetto. Per lui non c'è una semplice poltrona, ma un comodo letto. Potrebbe anche dormire, riposarsi un po'. Ma non ci riesce. Pensa che il continente dove sta andando è un continente povero, pieno di poveri, anzi, miserabili. Perché? Sono forse stati meno bravi degli altri? Eppure, nello stesso continente, quelli di sopra sono ricchi (quelli che sono ricchi). Sono stati più bravi? Riflette alla richiesta che prima della sua partenza gli è stata avanzata da molti rappresentanti della sua organizzazione di quel continente povero: dare metà delle ricchezze dell'organizzazione stessa al continente povero. Che diavolo di richiesta! È bella e generosa, ma non risolve niente. È una cosa che gli fa venire in mente curiose tendenze che hanno attraversato la sua organizzazione durante i secoli: uomini che lasciavano le ricchezze e i beni del mondo e sposavano la povertà, a piedi nudi, con abiti rozzi, vivendo in luoghi deserti e impervi. Tutto davvero strano. Ha fatto bene a intraprendere questo viaggio. Dovrà parlare della libertà e ne parlerà davanti alle televisioni di tutto il mondo e ai giornalisti di tutto il mondo. Ma della libertà a lui non importa poi più di tanto, anche se ha dovuto riabilitare da poco quello scienziato, un provocatore, che si era messo contro Tolomeo. A lui interessa la povertà, così pensa, e quello è un continente povero. Lui e la sua organizzazione hanno davvero fatto tutto il possibile. Ma evidentemente qualcuno ha sbagliato.

Cos'è la libertà? L'altro uomo ci sta pensando. Sta seduto su una poltrona. Fuma un grosso sigaro. Avrebbe potuto andare all'aeroporto un po' più tardi. Ma è arrivato con molto anticipo. Dev'essere per motivi di ansia. Di solito indossa una divisa militare verde, ma oggi si è messo un vestito grigio doppiopetto e una cravatta blu a pois bianchi. La stanza dove si trova è tranquilla e sicura. Le sue guardie sono fuori e fanno il loro servizio. Ma lui è ansioso. Pensa alla libertà. Che strano. Lui ha un'alta stima della libertà. Ha lottato per essa. Le ha dedicato la sua vita. Ha spazzato via dal suo paese i corrotti, i bordelli, le droghe, la miseria più indecente che c'è nel resto di quel continente. Ha dato al suo popolo scuole, educazione, assistenza sanitaria: una dignità che prima non aveva. Certo non può dire che il suo popolo abbia raggiunto la ricchezza. Anzi, la vita è spartana. O meglio, abbastanza difficile. Ma il problema gli sembrava risolto. E invece no. Perché quello che la gente vuole è un livello di vita diverso, uscire da un assedio, muoversi nel mondo. E soprattutto poter dire come la pensa, e per questo ha dovuto mettere a tacere in maniera decisa tutti quelli che lo dicevano e che scambiavano il poterlo dire con la vera libertà: ma che roba. Che cosa strana è la libertà. Ci saranno le televisioni di tutto il mondo e i giornalisti di tutto il mondo. Ma cosa vogliono da lui? Lui e la sua organizzazione hanno fatto tutto il possibile. Certamente qualcuno ha sbagliato.

Siamo arrivati all'ultimo giorno di visita. Sono stati giorni davvero massacranti. E oggi i due uomini terranno i due discorsi conclusivi. I temi sono alti, immensi, insieme umani e trascendenti. E dovrebbero parlare davanti alle televisioni di tutto il mondo, ai giornalisti di tutto il mondo. Ma molti di questi li hanno lasciati soli. Sono partiti precipitosamente con gli aerei verso la parte nord del continente, quella ricca e libera. Perché devono assistere alle dichiarazioni del presidente di quell'altro pezzo di continente che è incolpato di una colpa molto misteriosa. Avrà fornicato tradendo la Bibbia? È questo che i giornalisti vogliono sapere, lo *scoop*.

Ah, mio caro amico, questa benedetta umanità! Non riusciamo proprio a trovarle una soluzione. Lei l'ha presa per un verso, io per un altro... e niente: nonostante tanti sforzi non ce l'abbiamo fatta (Chi dei due sta parlando?). Sono stanchi. Sono vecchi e stanchi. Anche il secolo è stanco. E anche il millennio. Tutto è come se fosse già stato. Sarà forse il Tempo che è stanco? Intanto la folla applaude, un'enorme folla. La folla continua ad applaudire. Sente le parole povertà e libertà e applaude ancora di più, come è giusto. E la povertà scomparirà e la libertà arriverà anche per loro, come è giusto. I due uomini sanno anche questo. La Storia, o il Tempo, dipende, si trovano in un intervallo, pensano. Ecco cosa sta succedendo: siamo in un intervallo del Tempo. E negli intervalli nascono gli idoli. Alzano gli occhi al cielo, sopra la folla, e all'orizzonte scorgono la sagoma di un idolo enorme: rosso, metallico e cilindrico. Che strano idolo, non somiglia né al Vitello d'oro contro il quale lottò Mosè, né alle statue di cattivo gusto dei tiranni che sono state abbattute di recente. È un idolo metallico, spumeggiante, con tante goccioline che gli scorrono lungo le pareti scintillanti. È un idolo leggero. Anzi: *light*. I due uomini si guardano. Sarà una visione apocalittica? Che fare? (Chi dei due dice questa frase?, l'abbiamo già sentita.) È l'intervallo della Storia. O del Tempo. Presto, urge un filosofo. O meglio, un ideologo. O meglio, un teologo. O meglio, un miracolo. Ma un grande filosofo. O un grande ideologo. O un grande teologo. O un grande miracolo. Qui ci vuole un'idea, una grande idea. Volete scommettere che qualcuno bandirà un concorso universale?

Stiamo tutti nella stessa fogna, diceva Oscar Wilde, ma alcuni di noi guardano le stelle. Ma sarà più importante guardare ad altezza d'uomo o alzare gli occhi verso la volta celeste? E se le sfere corrispondessero a questa testa rotonda che portiamo in cima al corpo? La fogna è sempre sotto i piedi ma, con un po' di volontà, oltre a guardare in alto, ci si può guardare intorno. Così, fra disincanto e impegno andiamo vivendo, perché forse entrambi sono le due facce di una stessa medaglia. Breve è il gioco in questo giro, e resta poco da aggiungere. Passate alla ***Casella quaranta****.*

Casella quaranta

Cielo e Terra

Amico mio, dice l'antico poeta persiano all'apprendista filosofo che gli mesce il vino, non pensare alla rotazione della Terra, pensa prima alla mia testa.

Terra. Pianeta dell'universo, quarto ordine di grandezza. Solido irregolare subsferico dotato di schiacciamento ai poli. Descrive un'orbita ellittica, con piccola eccentricità. Il piano di tale orbita è detto eclittica, il periodo della sua rivoluzione è detto anno siderale, il periodo di rotazione intorno all'asse passante per i poli è detto giorno siderale. Il raggio medio della Terra è di seimilatrecentosettantuno chilometri. La Terra è ricoperta per il settantaquattro per cento dall'acqua e per il ventisei per cento dalle terre emerse. E queste terre sono la terra della nostra Terra.

Fratello mio, dice l'uomo senza terra all'astronomo che gli spiega l'universo, non pensare alla rotazione della Terra, pensa prima alle mie mani che la lavorano e non la posseggono. Io vivo su questa terra, dissodo questa terra, e sono un senzaterra. Ti sembra possibile, fratello astronomo, tu che conosci l'universo?

Universo. Insieme costituito dallo spaziotempo e da tutta l'energia esistente sotto forma di materia. Le teorie fisiche più recenti datano la sua nascita fra gli otto e i diciotto miliardi di anni fa, a partire da un punto che conteneva tutta l'energia con densità infinita e che in seguito avrebbe continuato a espandersi e a raffreddarsi, permettendo l'organizzazione di galassie e di ammassi di galassie, che possiamo osservare. L'evoluzione futura dell'universo è legata alla sua densità: se essa risulterà superiore a un certo valore critico, l'universo rallenterà sempre più la propria espansione fino a invertirla in una contrazione che si concluderà nuovamente in un punto a densità infinita. Se invece risulterà inferiore, l'espansione proseguirà all'infinito.

Fratello astronomo, dice il piccolo uomo senza terra all'astronomo, se si possono osservare le galassie, perché nessuno mi vede? Forse che non sono anch'io un abitante dell'universo? E se per misurarlo si adoperano grandezze astronomiche, sai che misura mi spetta, secondo il padrone del latifondo che dissodo? Mi spettano quattro palmi di terra per contenere la mia bara, perché solo questo mi toccherà dopo la mia morte: quattro palmi di terra ed una bara.

Mio povero piccolo uomo senza terra, dice l'astronomo, i padroni della Terra non hanno previsto per te quattro palmi di terra sopra questa Terra, ma solo sotto, in un buco, un minuscolo buco di terra che ti risucchierà e ti ospiterà nel suo nulla, come un buco nero. L'uomo è la prima stella dell'universo creato, ma a te, uomonulla, spetta un buco nero.

Buco nero. Fase finale dell'evoluzione di una stella in cui la materia, ridotta ad un gas di neutroni, subisce un collasso inarrestabile verso un punto dove la luce resta intrappolata, rendendo l'oggetto invisibile. Dunque nero.

Fratello astronomo, dice il piccolo uomo senza terra, ieri ho partecipato al funerale di un bracciante, fratello in miseria, e i nostri fratelli cantavano questa cantilena: «Questa fossa che ora hai, a palmi misurata, è la parte minore che avesti in vita, è un buco giusto, né largo né fondo, è quanto ti spetta di questo latifondo, non è una fossa grande, è una fossa precisa, è la terra che volevi fosse ripartita». Fratello astronomo, tu conosci le misure dell'universo. Ti pare che questa fossa sia la misura di un uomo?

Anno luce. Unità di misura usata in astronomia. Definito come la distanza percorsa dalla luce nel vuoto in un anno, alla velocità di trecentomila chilometri orari. Per arrivare ai confini della nostra galassia, laddove comincia la galassia di Andromeda, occorrono circa cento anni luce.

Fratello astronomo, dice il piccolo uomo senza terra, molti anni fa un poeta che andava scalzo per sentire la terra sotto i piedi scrisse: «Laudato sii, mi' Signore, per sora nostra madre Terra, la quale ne sustenta e governa, e produce diversi frutti, con coloriti fiori et erba». E allora, fratello astronomo, io mi sono unito ai miei fratelli senza terra che lavorano questa Terra per trarne frutti e abbiamo deciso che i frutti che essa dava devono sostentare noi, perché sono nostri.

Terra. Pianeta dell'universo, quarto ordine di grandezza. Solido irregolare subsferico dotato di schiacciamento ai poli. Descrive un'orbita ellittica, con piccola eccentricità. Il piano di tale orbita è detto eclittica, il periodo della sua rivoluzione è detto anno siderale, il periodo di rotazione intorno all'asse passante per i poli è detto giorno siderale. Il raggio medio della Terra è di seimilatrecentosettantuno chilometri. La Terra è ricoperta per il settantaquattro per cento dall'acqua e per il ventisei per cento dalle terre emerse. E queste terre sono la terra della nostra Terra.

Fratello mio, dice l'uomo senza terra all'astronomo che gli spiega l'universo, non pensare alla rotazione della Terra, pensa prima alle mie mani che la lavorano e non la posseggono. Io vivo su questa terra, dissodo questa terra, e sono un senzaterra. Ti sembra possibile, fratello astronomo, tu che conosci l'universo?

(*R*, 12.07.2001)

Fra gli astri e voi stessi, fra la rotazione delle sfere e la vostra Terra, il vicolo è cieco. Non se ne esce. L'unica soluzione è restare con i piedi per terra. Per alcuni saggi il microcosmo è il vero macrocosmo. E per chi scrive, l'impegno significa rispetto della dignità di ogni cosa che esiste. Perciò non vi resta che fare appello al Garante. Perché, ad esempio, restituisca la libertà a chi con la sua condotta la meriterebbe. Passate alla ***Casella quarantuno*** *(Casella garante).*

Casella quarantuno

Casella garante

Sono molti gli aerei che ogni estate passano sulle spiagge con uno striscione per pubblicizzare creme solari o gelati. Mi dicono che nel cielo di Marina di Pisa ne è passato uno con scritto «liberi liberi». Un piccolo aereo coraggioso che vola controcorrente, in un paese dove la parola libertà ha subìto una modificazione genetica. Faccio i miei migliori auguri al messaggio che reca. Auguri per Sofri, Bompressi e Pietrostefani, certo. Ma anche per tutti noi. Perché questi uomini pesano assai sulle nostre coscienze di uomini divisi. C'è un «noi diviso» (rubo l'espressione al titolo di un bellissimo libro di Remo Bodei) che ha sempre tormentato l'Italia, impedendole di acquisire l'idea di nazione compiuta e sufficiente, e che la rende una repubblica anormale: anoressica o bulimica, a seconda dei momenti, con un'anomalia non solo verso gli altri paesi europei ma soprattutto verso se stessa, e questa anomalia, che ne stravolge i tratti, le impedisce di riconoscersi allo specchio. Queste cesure, questi tagli, questi buchi, questi eczemi che il nostro paese porta in viso, purtroppo non si curano con bandiere o inni nazionali, né con false pacificazioni che negano il passato, affermando che, avendo tutti ragione avevamo tutti torto. Si curano con un gesto reale, con il buon senso, con la prudenza. Ma non con la prudenza che Manzoni attribuisce a Don Abbondio, ma con la prudenza di cui parla il Cristo, quella di chi non sperpera invano il poco olio che ancora resta nelle nostre lampade. Definisco un atto di buon senso e di prudenza quello che si chiama un atto di clemenza, anche se in realtà sarebbe un atto di giustizia. In questa baldoria forse un piccolo ma significativo gesto istituzionale vorrebbe dire tante cose agli italiani. Oltre che ripristinare un senso di legalità ormai in apnea, sarebbe anche un messaggio a suo modo storico. Io spero che coloro che dovrebbero capirlo lo capiscano. Altrimenti peggio per loro, prima di tutti. E poi peggio per noi.

Sofri ed io veniamo da esperienze e da percorsi politici e culturali diversi. Io non sono mai stato un rivoluzionario: sono sempre stato un sostenitore della democrazia parlamentare e non ho mai simpatizzato con i cosiddetti "extraparlamentari", caratteristica che si è consolidata col tempo. Era il 1989, mi pare, era appena cominciata la sua odissea e io avevo letto sui giornali di un signore che vende le frittelle il quale, vent'anni dopo, inchiodava tre persone con la sua "spontanea" testimonianza resa a un sacerdote, prima di essere resa ai carabinieri e credibile perché «aveva studiato dai salesiani» (*sic*, dagli atti del processo). L'incerta testimonianza del frittellaro, riportata dalla stampa italiana, mi suggerì allora un racconto intitolato: *Può il battere d'ali di una farfalla a New York provocare un tifone a Pechino?* (È una dizione ispirata alla cosiddetta teoria delle catastrofi.) Il mio racconto uscì nel 1990, in un volume intitolato *L'Angelo nero* e fu subito oggetto di un'occhiuta magistrata, Laura Bertolé Viale, che lo inserì nella sentenza del primo processo d'appello, del 1991, in compagnia di un libro di Leonardo Sciascia, come opera atta a influenzare l'esito del processo. Era la prima volta in Italia, dall'Inquisizione e dal ventennio fascista, che due opere di letteratura venivano pubblicamente processate dalle istituzioni giudiziarie. Questo mi turbò assai. Avevo letto attentamente le teorie sulla cosiddetta autonomia del personaggio, come ci insegnano gli strutturalisti e i narratologi, e trovai dignitoso protestare: come si permetteva la signora magistrata di violare l'autonomia del mio personaggio? Se lei in quel poveraccio di personaggio letterario la cui falsa e contraddittoria confessione fatta partorire da un maieuta di servizio, tipo il grande inquisitore o l'accusatore politico dei processi staliniani, vedeva Leonardo Marino, io rivendicavo il fatto che quello era il mio personaggio, che da Marino traeva sì ispirazione, ma che era assolutamente autonomo, inventato ed elaborato dalla mia fantasia. Oggi, dopo dodici anni e tanti processi subiti da Sofri e compagni, devo ricredermi. La magistrata aveva ragione in anticipo: quel personaggio è davvero Leonardo Marino. Nel senso che dai processi che sono seguiti, Marino ha fatto di tutto per assomigliare al mio personaggio. È diventato il mio personaggio. Mi ha copiato.

© *EPI* (*U*, 01.08.2001)

Un'Italia che cancella il passato è un'Italia priva di futuro: il nostro è il mondo dell'eterno presente del talk-show televisivo. Ci sono paesi che vedono il proprio futuro come un sondaggio, o peggio, sondaggi che vedono il futuro come paesi, una maionese impazzita che gira invano la frusta nel proprio tuorlo, senza che niente quagli. Per questo si ricorre a figure da riabilitare, da portare sul teleschermo, da vendere come gadget. Mussolini, Graziani, Franco: che simpatici gadget. E perché non Stalin, Ceausescu, Pol Pot? La famigliola dei Savoia vista al talk-show italico: ma che nonno buono Vittorio Emanuele III, *ce lo assicura il Vittorio Emanuele successivo: e che buona educazione gli hanno dato in famiglia. Sì, gli piace la caccia grossa, ma che c'è di male: è un uomo vero. Caccia e pesca. L'Italia venatoria.*

Come uscire dal guado? Come riscoprire verità elementari? Forse evitando di ripetere sempre gli stessi errori, in quest'Italia smemorata. Se vi interessa approfondire la situazione nostrana in cui il passato si ripropone come futuro, scegliete il ***Percorso A*** *e saltate alla* ***Casella quarantaquattro****. Se invece preferite la semplice mancanza di futuro, scegliete il* ***Percorso B*** *e saltate alla* ***Casella quarantatré****.*

SETTIMO GIRO
Il futuro è già passato?

Ove ci troviamo tra morti che parlano e poeti assassinati, ma inebriati dal profumino di un manicaretto prelibato servito su un televassoio: le tagliatelle al dente, al vero dente.

Casella quarantadue

Tagliatelle alla strage

«La vera vita è altrove», diceva Arthur Rimbaud. Sagge parole. Lui l'aveva cercata inutilmente nella poesia e non l'aveva trovata. Poi smise di far poesia e partì per l'Abissinia a fare il mercante d'armi, si perse e si ammalò. E la vera vita, per lui, restò sempre altrove. Però questi suoi versi risuonano insistentemente nelle orecchie dello studioso che, dimenticando la vita, passa le sue giornate in una biblioteca nazionale straniera, immerso nello studio di vecchi volumi del Cinquecento, cercando di capire perché Santa Madre Chiesa, che oggi produce figure così luminose come il cardinale Ruini, dal Cinquecento all'Ottocento nella penisola iberica ha bruciato tanta gente. Perlopiù Ebrei e Islamici convertiti con le buone maniere ma che nella vita quotidiana continuavano a praticare segretamente, gli eretici, i riti delle loro religioni. Migliaia e migliaia di processi del Santo Uffizio con interrogatori, severe punizioni corporali e raffinate torture inflitte laddove il corpo è più sensibile. Come conosceva bene il nostro corpo il Santo Uffizio, lui che si occupa dell'anima. Oggi lo studioso si sente più frustrato che mai. Ha passato la giornata a leggere il processo di uno sciagurato cittadino portoghese che nel millesettecentododici, quando l'Iberia era finalmente diventata cristiana e non c'era più traccia di infedeli in giro, in un paesino del nord del Portogallo, fra Coimbra e Curía, era stato colto in flagrante. L'empio era stato trovato con la cantina di casa piena di insaccati di pollo e farina: *roba bianca*. Lo sciagurato non solo si rifiutava di confezionare sanguinacci come ogni bravo cristiano, ma ne aveva sostituito il ripieno e invece dello squisito sangue del maiale metteva carne di pollo e farina, dichiarando così il suo perfido attaccamento a Geova o a Maometto che vietano di mangiare quanto di migliore la natura ci ha dato: il maiale. E quella robaccia bianca, non solo se la mangiava lui, avendola ingentilita con cannella, ma la spacciava di contrabbando ai vicini e il Santo Uffizio grazie a lui aveva scoperto un'intera comunità satanica di mangiatori di pollo.

Perché, si chiede lo studioso, Santa Madre Chiesa se la prendeva tanto con i mangiatori di pollo? Non riesce a darsi una risposta e, rincasando sotto la pioggia, pensa che forse la vera vita è davvero altrove e non nelle vecchie cartacce che egli va stupidamente frugando. Entra in casa e squilla il telefono, è un amico dall'Italia che ha dunque il privilegio, negato allo studioso, di poter vedere la televisione italiana e che gli fornisce la conferma che le sue sono davvero fisime di studioso, nient'altro che bazzecole, pinzillacchere, e che la vera vita, come lui sospettava, è proprio altrove. Il privilegiato amico italiano ha appena visto *Blob*, è il 14 dicembre 2005 e in tale programma c'è uno spezzone prezioso dove il protagonista è il dottor Bruno Vespa. Che cosa fa il Vespa in questo prezioso filmato? Racconta le stragi a una squinzia, cucinando tagliatelle. Sì, non bagattelle ma veri massacri, di quelli fatti con le bombe, tipo piazza Fontana, Italicus e stazione di Bologna, insomma, non carne bianca, vero sangue.

Ecco, capisce lo studioso, lì pulsa la vera vita, da Bruno Vespa. E così, prosegue l'amico italiano, il Vespa, fra una tagliatella e l'altra, continua il suo racconto delle stragi, da stragiologo competente quale può esserlo un giornalista suo pari, e intanto raffina il suo sughetto che ingentilisce con un pizzico di origano, magari un po' di nepitella, e il ragù, probabilmente alla bolognese, si va addensando in un sugo che dà sul castano, perché, quando il rossiccio dà sul castano, il sugo è pronto, la strage è finita e la tagliatella è in tavola, fumante. E quale allegria, quale vitalità c'è in tutto questo, come vi pulsa sanguigna la vita che ricomincia nonostante tutto, nonostante il nostro male di vivere, i massacri, i servizi segreti deviati e più che deviati: nonostante la fogna che lo studioso credeva di aver conosciuto data la sua età, la vita rinasceva con un piatto di tagliatelle. E quando il piatto prelibato, preparato con amore dal Vespa fu pronto, lo studioso ripensò alla sua mediocre giornata di studioso passata in quell'enorme biblioteca in una capitale lontana e alla mediocrità del suo pasto, un pezzo di pane gommoso che i locali chiamavano gentilmente *baguette*, ma che non era nient'altro che uno sfilatino. Sì, uno sfilatino spalmato di un burro rancido, rimpinzato da una fetta di un prosciuttaccio cotto prima dell'arrivo dell'euro e che pendeva ai lati dello sfilatino come le orecchie di un maiale.

Un grande moto di nostalgia per la patria lontana invase lo studioso. Lui che era stato dichiarato antipatriottico dai patrioti del falso in bilancio che mandavano soldati in Iraq affinché difendessero la patria da lontano, lui sentì che lui e la propria patria dovevano fare la pace, dovevano perdonarsi a vicenda, perché l'Italia lo vuole e lo dà sempre, il perdono. Sì, ma come fare? E allora il povero studioso ebbe un'idea, una specie di visione. Si immaginò di essere in quella commovente trasmissione televisiva in cui una biondina maschiotta faceva incontrare i lui e le lei che si erano litigati e piano piano, una parola dopo l'altra, i due innamorati facevano la pace e poi si abbracciavano e piangevano e dicevano l'uno all'altro ti perdono, ti perdono. E lui arrivava nello studio di quella filantropica trasmissione. Era nascosto da un tendaggio, era indeciso, ma la biondina maschiotta gli dava uno spintone e lui arrivava sotto i riflettori e trovava la sua patria che un arredatore geniale aveva raffigurato in uno stivale di gomma, quello che in Italia è lo stivale per eccellenza. E lui e lo stivale si abbracciavano. Chissà come, ma pure lo stivale riusciva ad abbracciarlo e lui gli diceva «Italia bella mostrati gentile». E la stivala cominciava a cantare l'inno di Mameli e dalla sua enorme bocca usciva un po' di puzzo di cadaveri, abbastanza nauseabondo. Ma poi, come per miracolo, un miracolo tutto italiano, ecco che diventava un profumino di tagliatelle. La prima tagliatella, e poi la seconda e così via, fino a formare un bel piatto di tagliatelle fumanti: le tagliatelle alla strage. Allora le luci si abbassavano, il pubblico applaudiva entusiasta e chi aveva dato aveva dato aveva dato, e chi aveva avuto aveva avuto aveva avuto, scurdammoce o' passato e buonanotte al secchio.

(*F.it*, 16.12.2005)

Per i lettori del Percorso A e del Percorso B

Galeotta fu la tagliatella e chi la cucinò. Ma una grossa domanda suscita questo piatto al nero di seppia, ed essa riguarda inevitabilmente la morte. Sarà vero quello che vi hanno ripetuto in questi anni, che i morti sono tutti uguali? Non è con la livella della morte che si paragonano gli uomini, ma attraverso la vita che hanno rispettivamente vissuto. Perché, credetemi, un torturato morto e un torturatore morto hanno vissuto due vite ben diverse. Saltate alla ***Casella quarantasei****.*

Casella quarantatré

Poeti assassinati

Federico García Lorca fu assassinato dalla polizia franchista nella campagna di Fuentevaqueros, suo villaggio natale presso Granada, il 16 agosto del 1936. Non fu difficile per i franchisti individuare uno dei loro principali nemici in questo grande artista sostenitore della Repubblica, alla quale aveva dato tutto il suo appoggio di intellettuale partecipando in modo generoso alla campagna di alfabetizzazione, portando i classici del teatro del *Siglo de Oro* nei più sperduti villaggi col teatro ambulante della sua *Barraca*, celebrando la secolare cultura dei gitani andalusi, recuperando i tesori della poesia popolare, mettendo in scena nei suoi testi teatrali la ferocia di un cattolicesimo retrivo molto amato dal Vaticano che dominava la Spagna di allora.

Nel 1998 sono stato invitato ad aprire un congresso di studi lorchiani indetto per il centenario della nascita del poeta. Attorno al congresso, durante i numerosi intervalli o la sera, nei giardini e nelle chiese di Granada, erano stati organizzati spettacoli, recital e concerti. Quelle struggenti canzoni che si sentivano cantare in queste celebrazioni, da una voce incrinata dalle rigature di un vecchio disco recuperato, erano fragilissimi fantasmi che evocavano una cultura antica e raffinata che fu offesa e violentata dalla rozzezza degli stivali franchisti. E il titolo leggiadro di un articolo del *Corriere della Sera*, «Chi ha paura del revisionismo?» di Sergio Romano, mi fa pensare, proprio oggi che ripenso a quei giorni, che ne ho paura io stesso. Perché dietro questo revisionismo che oggi si presenta nei modi di chi ha imparato a vivere in società c'è senza ombra di dubbio la trasformazione estetica degli stessi stivali che calpestarono Lorca.

Attraverso le parole e la melodia dei *Quatro muleros*, le strofe delle *Morillas de Jaén*, il congresso comincia. Garbatamente, la conversazione si sofferma sui temi dell'opera lorchiana dai quali sono impossibili eleganti scappatoie stilistiche. Dopo la chiacchierata il pubblico se ne va. La platea è ormai vuota. Con me e i miei ospiti sono rimasti i due gitani dell'ultima fila, un vecchio dai capelli bianchi e un'ineffabile signora dai capelli azzurrini. Lei mi guarda e alza la mano. Dispiega davanti a sé il *Corriere della Sera* e mi guarda in modo interrogativo. «Conosce l'autore di questo articolo?», mi chiede. La guardo a mia volta con aria interrogativa. «Si chiama Romano», continua, «parla della Spagna, lo conosce?». «Nossignora», rispondo. «Pare che scriva sul suo stesso giornale», replica con logica spiazzante, «dunque lei saprà dirmi chi è». Rispondo nel modo più neutro possibile: «Scrivo su un quotidiano indipendente, questo signore è un ambasciatore in pensione che ora è molto importante in quel giornale». L'anziana signora ha cominciato a percorrere la fila calpestando il ghiaino con un certo rumore. «Lei ha mai sentito parlare di don Francisco Giner e della Istitución Libre de Enseñanza?», mi chiede. Rispondo di no. «Era mio padre, un caro amico di Lorca, amava l'arte e odiava il fascismo. Fu fucilato dai franchisti nel '38, due anni dopo Federico». E mentre se ne sta andando: «Ho vissuto in esilio dall'infanzia, abito a New York e sono venuta qui per questo centenario. Questo signore che qui scrive conosce forse la mia lingua? Ha studiato forse negli archivi del mio paese? Conosce la storia della mia patria? Perché non viene a studiare gli archivi delle prigioni franchiste?». E in quello stesso momento anche i due gitani si alzano. Il vecchio con i capelli bianchi stende il braccio destro col palmo aperto verso di me e grida: «Saludo romano!». E se ne va dietro alla signora seguito dalla coppia dei due giovani gitani.

Più tardi, a cena in un bel ristorante su una terrazza di Granada, la conversazione langue e a un certo punto il poeta Muñoz tira fuori la fotocopia di una lettera. È del 1940, quando Franco arriva al potere. La spedisce un repellente personaggio della polizia franchista a un amico di Lorca, artista anche lui. È un messaggio intimidatorio. «Non puoi immaginare, caro artista, come i miei soldati si sono divertiti con quel frocio del tuo amico, prima di ammazzarlo. Che notte hanno passato, davvero indimenticabile, pensaci».

Ho voglia di alzarmi: sto soffocando. Da lontano si vede l'Alhambra. È bellissima. Cerco nel cielo la luna. La luna di Federico, «hay luna, luna, luna / si vinieran los gitanos / harian con tu corazón / collares y anillos blancos». Ma è una notte senza luna. È una notte sinistra. Come se delle mani losche minacciassero di nuovo García Lorca.

Per i lettori del Percorso A e del Percorso B

García Lorca, oltre a essere un "rosso", come i franchisti chiamavano i repubblicani, era anche omosessuale. E per di più era poeta. Le stesse stigmate di Pasolini.

Credevate di avere un futuro? Vi sbagliavate. Il vostro futuro, gentili lettori, è solo una ruminazione del passato in termini di revisione. Il non digerito torna su, una bocca d'ambasciatore lo mastica, lo riduce a bolo, dove tutti gli ingredienti si perdono in un'unica palla intrisa di salivosa ptialina. Voi lo ingerite e pensate al futuro. Proprio mentre il vostro rappresentante al parlamento europeo il futuro lo stava mettendo in atto. Ma si trattava proprio di futuro? Se avete qualche dubbio, saltate alla ***Casella quarantacinque.***

Casella quarantaquattro

I know my chickens

In Italia si fanno parlare i morti. È un ventriloquismo da fiera che in altri paesi parteciperebbe del comico, ma che da noi discende da un antico rito funebre. Per questo mi pare troppo ottimista paragonare l'Italia a un baraccone e certi uomini di governo a imbonitori che sanno vendere con successo lozioni per calli e fisco. C'è qualcosa di nuovo, direbbe il poeta, anzi di antico in tutto questo: cadaveri, i cadaveri di cui il dopoguerra italiano è costellato e che da cinquant'anni accompagnano l'alzabandiera del nostro valoroso drappo repubblicano. Da tempo provo a chiedere in giro a quelli che stanno nel Palazzo se ne sappiano qualcosa. Ultimamente ho chiesto al presidente della Repubblica, ma era impegnato con Goffredo Mameli, e la mia richiesta parve impudente ai più, anche ai Soloni della patria. In cosa sperare, dunque? Difficile dirlo. Con tutto il rispetto per la magistratura, non sarei propenso a credere che le procure possano fare chiarezza, come chiederebbero onesti giornalisti. Non tanto per sfiducia negli inquirenti, ma per conoscenza degli inquisibili (*I know my chickens*, dice un proverbio del Minnesota), che producono cadaveri per procura.

È forse una prova di fiducia in noi, cosiddetta società civile o ceti medi riflessivi che dir si voglia? È una riflessione che comincia a vacillare. Anche perché i cosiddetti cittadini vigili (quei pochi che ancora non scrivono con lo stipendio del capo) credevano di aver stipulato un contratto sociale con una Repubblica che ritenevano democratica, e ora si accorgono che rischiano di essere dei rompiscatole che vogliono il rinnovo del loro contratto sociale. E ai rompiscatole di questo tipo, come si sa, oggi in Italia si spara una pallottola catodica in bocca, sparata da certi killer che stanno in tv. Di una cosa siamo ormai certi: che non sappiamo niente. Pur sapendo tutto, naturalmente, come diceva Pasolini. Ma è quella certezza fluida e senza contorni che appartiene a ciò che si chiama «senza soluzione di continuità», come dicono quelli istruiti. Nel senso che si tratta di clonati, o di replicanti, e come sai è impossibile distinguere la pecora Dolly dalla pecora Dolly. Faccio un esempio: chi mise la bomba alla Banca dell'Agricoltura nel 1969, chi buttò Pinelli dalla finestra, o chi organizzò il rapimento di Moro? Alla luce di quello che sta succedendo, si potrebbe di sicuro pensare che è l'attuale ministro tal dei tali, o un altro ministro suo collega della Repubblica italiana. Ma come provarlo? Perché a quel tempo il ministro tal dei tali era piccino e non poteva ancora mettere bombe. In realtà era il suo clone Dolly, la sua mamma, perché in questo caso vale davvero il ragionamento del lupo all'agnello. Con la differenza che i lupi sono loro e gli agnelli siamo noi.

(*U*, 02.07.2002)

Per chi ha scelto il Percorso A

Pasolini diceva «io so». Anche noi credevamo di sapere. Pensavamo, senza conoscere il volto degli autori, quale fosse il senso del buio che abbiamo attraversato e che stiamo attraversando. E che credevamo di aver lasciato alle spalle. E invece no. In Italia ritornano sempre. Il passato sembra il nostro futuro. *Tornate alla* ***Casella quarantatré****.*

Per chi ha scelto il Percorso B

Siamo alla clonazione, ai replicanti. Non credete nei replicanti, sospettosi lettori, e tantomeno negli zombi? Errate. Un esempio di trasmissione televisiva replicante, che replica la nostra storia trasformandola in ricetta di cucina lo troverete alla ***Casella quarantadue****.*

Casella quarantacinque

Personalmente

Tempo fa, su un treno Firenze-Milano, un distinto signore con il quale intrattenevo una banale conversazione da treno, di quelle che hanno per argomento il cambiamento del clima, la bistecca alla fiorentina e il risotto alla milanese, a un certo punto, preso da un accesso di confidenza (la conversazione volgeva sul cous-cous), mi disse educatamente: «Perché, vede, io, *personalmente*, sono razzista». E poi, forse alla ricerca di una mia comprensione, aggiunse: «Non so cosa ne pensa». Probabilmente si attendeva che gli rispondessi che si trattava di un'opinione *personale* sacrosanta, e che mi sarei fatto ammazzare piuttosto che impedirgli di esprimerla, secondo quell'adagio devastante falsamente attribuito a Voltaire che in Italia è servito da sdoganamento alle dichiarazioni più nefande. Ma poiché, al contrario del falso adagio illuminista, non mi farei mai ammazzare affinché qualcuno esprimesse un'opinione del genere, gli risposi che mi auguravo che non facesse politica. Per il semplice fatto che una sessantina d'anni fa, grazie a dei figuri che erano arrivati ai posti di comando con un'ideuzza "personale" simile alla sua, più di sei milioni di persone ci avevano rimesso la pelle. Ma ho sbagliato, a quel signore avrei dovuto rispondere così: «Io *personalmente* sono pedofilo; lei cosa ne pensa?»; oppure: «Sa, *personalmente* sono necrofilo; lei cosa ne pensa?». Sarà per la prossima volta.

Se mi si consente il volo pindarico, l'onorevole Buttiglione è un filosofo di una certa semplicità, ma come uomo politico è sorprendentemente complicato. Richiesto al Consiglio d'Europa di giustificare le sue dichiarazioni circa il ruolo della donna nella società (da lui intesa soprattutto in qualità di massaia), della madre sola (da lui considerata cattiva) e sugli omosessuali (da lui considerati peccatori), ha risposto che si trattava di una convinzione esclusivamente personale, e che nulla aveva a che fare con il compito politico di cui si sarebbe dovuto occupare. Compito che consiste, secondo le direttive del Consiglio d'Europa, nel favorire una migliore integrazione sociale e nel promuovere i diritti civili di categorie o di persone di cui ha un'opinione così negativa. Possibile, mi chiedo, che un uomo di pensiero sia disposto a rinunciare agli ideali su cui si basano la sua filosofia e la sua morale per un modesto impiego da parlamentare europeo?

(*U*, 25.10.2004)

Per chi ha scelto il Percorso A

È ovvio che con un filosofo di questa stazza passato e futuro si confondono nell'estasi di un istante, e come ebbe a dire un filosofo cattolico dell'Ottocento che ci facevano studiare a scuola, ora non so più se Gioberti o Rosmini, «l'uomo è l'archetipo prototipo che si infutura nell'antropomorfismo universale». Il piatto è servito, o lettori. Alla frutta eravamo già arrivati da tempo, lo avrete ben capito. E ora si deve ricominciare in questo ciclo vichiano di cibo cui i nostri stomaci sono da tempo sottoposti. Tornate alla ***Casella quarantadue****.*

Per chi ha scelto il Percorso B

Il filosofo di Gallipoli, docente nel Liechtenstein, per il fatto di stare nel nostro presente rinvia al pentolone del passato. E dal vapore del polentume bollente ecco prendere corpo ectoplasmi, nere e fantasmatiche creature. Tornate alla ***Casella quarantaquattro****.*

Casella quarantasei

Salò bussa al parlamento

Nei primi giorni del 2006, per fare gli auguri all'Italia, è approdata in Senato una proposta di legge voluta dalla destra che equipara partigiani e repubblichini, perché considerati «militari belligeranti». La proposta è stata bocciata ma questo fatto positivo non cambia la gravità del disegno. Naturalmente nell'equiparazione sarebbero stati compresi anche i sopravvissuti delle famigerate bande Koch e Carità e altre bandette assassine e torturatrici che davano una mano ai nazisti nei loro eccidi al di sotto della Linea gotica. Dalla sinistra ferita, specie da molti esponenti Ds, si sono levate esclamazioni di indignazione.

L'Italia è un paese privo di coerenza politica, visto che questa legge non è altro che la logica conclusione di un percorso iniziato qualche anno fa proprio da un esponente Ds, l'onorevole Luciano Violante. A lui si deve, in un incontro con l'onorevole Gianfranco Fini, il conio del gentile sintagma «ragazzi di Salò» per denominare i militi repubblichini. Se si abbassa l'età, le responsabilità diminuiscono, e poco importa se molti dei saloini, soprattutto i caporioni, erano vecchi fascisti incarogniti come il maresciallo Graziani. Inoltre la parola "ragazzi" è portatrice di tenerezza e di affetto: si dice dei calciatori della nazionale, dei militari italiani in Iraq al seguito di Bush; un lessico che richiama sempre la mamma e che ha qualcosa di giocoso (perché i ragazzi giocano, anche *I ragazzi della via Paal* facevano la guerra fra di loro, ma era una guerra per gioco). L'Italia ha giocato tanto nel secolo scorso. Pensate, "i nostri ragazzi" andarono in Libia, in Abissinia, in Albania, tentarono di spezzare le reni alla Grecia sul bagnasciuga, e altre missioni di questo tipo. Eventualmente in Abissinia e in Libia fu lanciato qualche gas asfissiante, fu bombardata Tripoli, furono usati i lanciafiamme nei villaggi fatti di capanne di paglia, ma questo faceva parte del gioco. E poi erano ragazzi. Insomma, per il suo irrefrenabile spirito giovanilistico che tutto il mondo le invidia, l'Italia non ha da chiedere scusa a nessuno, e infatti non l'ha mai fatto. E dunque non deve chiedere scusa neanche a quella parte dell'Italia che i repubblichini, a fianco dei nazisti invasori, deturparono con eccidi osceni. Anche perché le torture, i rastrellamenti, i massacri, le complicità con le SS venivano da un profondo ideale che i "ragazzi" nutrivano, e un ideale, si sa, è pur sempre un ideale.

Per capire bene l'ideale dei repubblichini bisognerebbe dunque pensare che essi fecero quelle scelte «credendo di servire ugualmente l'onore della propria patria». Parole, queste, del presidente della Repubblica Carlo Azeglio Ciampi il quale solennemente dichiarò: «Abbiamo sempre presente, nel nostro operare quotidiano, l'importanza del valore dell'unità d'Italia. Questa unità che sentiamo essenziale per noi, quell'unità che oggi, a mezzo secolo di distanza, dobbiamo pur dirlo, era il sentimento che animò molti dei giovani che allora fecero scelte diverse e che le fecero credendo di servire ugualmente l'onore della propria patria».

In quell'occasione pubblicai un articolo dove dicevo che Ciampi aveva «pronunciato parole improponibili per una Repubblica nata dall'antifascismo» (cfr. p. 18). Il giorno dopo, l'onorevole Piero Fassino interveniva con un articolo sdegnato nei miei confronti. Come avevo osato contraddire l'alto concetto di Carlo Azeglio Ciampi? Forse che il nostro paese non aveva bisogno di unità e non di ulteriori lacerazioni che tanto male ci avevano fatto nel passato? E poi, ribadiva Fassino, anche quello dei repubblichini era un ideale, seppur sbagliato. Ecco: si trattava di ragazzi che avevano "sbagliato". In buona fede.

Ah, la buona fede! Ma il mondo è pieno di buona fede, lo è sempre stato. Quando l'Inquisizione mandava gli "eretici" sul rogo, lo faceva in buona fede e per la buona fede, quella vera. E quanto ai "ragazzi" delle SS che commettevano eccidi nel nostro paese, quanto agli addetti ai forni crematori, molti dei quali volontari, non lo facevano forse in buona fede? Il loro, in fondo, non era un ideale? È vero, quell'ideale prevedeva un ripulisti dalla faccia della Terra di razze considerate inferiori, soprattutto

Ebrei, e voleva la dominazione assoluta della razza ariana (che fra l'altro come sappiamo è un fenotipo inesistente). Ma non si può negare che fosse un ideale. La vita è un ideale per tutti, facciamoci avanti.

(*IM*, 14.01.2006)

Per i lettori del Percorso A e del Percorso B

Se i saloini erano bravi ragazzi, i campi fascisti per le minoranze slave della Venezia Giulia erano dunque colonie di vacanza? In cucina, si è visto, i contastorie italiani sono molto bravi. E sanno come preparare piatti deliziosi a partire dai magri ingredienti della storia patria. Cucina fatta con gli avanzi, in questo ciclo in cui, rimuovendo il passato, il futuro continua ad essere ciò che è sempre stato. Ma in Italia non ci sono soltanto improvvisati cuochi mediatici, ci sono anche Artusi che con le proprie onorevoli ricette hanno in qualche modo ufficializzato la sintesi di improbabili ingredienti e la promozione di certi piatti. Passate alla ***Casella quarantasette*** *(Casella garante).*

Casella quarantasette

Casella garante

Su proposta di Alleanza nazionale, nel 2006 il parlamento italiano ha nominato il 10 febbraio «Giorno del ricordo» per commemorare le vittime delle foibe. Si noterà la dizione, vicina al «Giorno della memoria» dello sterminio degli Ebrei e la contiguità temporale della giornata scelta per tale commemorazione (il Giorno della memoria è il 27 gennaio). La prima celebrazione del Giorno del ricordo è stata tenuta da Carlo Azeglio Ciampi con un solenne discorso alla presenza di Gianfranco Fini. C'è da notare la singolarità di questa presenza, non solo per la sua incongruenza istituzionale (a una cerimonia nazionale è plausibile la presenza del ministro degli Interni, piuttosto che quello degli Esteri) ma anche perché il ministro degli Esteri appare diplomaticamente imbarazzante dato che il partito di cui è leader rivendica territori che non appartengono attualmente allo Stato italiano. Singolare mi è parso, nella circostanza, anche il discorso del presidente della Repubblica. Le foibe furono l'espressione di un'atroce violenza, assassina e vendicativa (un altissimo numero di persone, impossibile da determinare, gettato nelle fosse carsiche) che i partigiani titini, con il concorso delle popolazioni slave della Venezia Giulia, esercitarono indiscriminatamente sulla popolazione italiana. Un orrore che merita di essere inscritto nella memoria collettiva e che Ciampi ha giustamente ricordato. Ma egli ha tuttavia evitato di contestualizzare quei tragici eventi, omettendo il ricordo della sciagurata politica di italianizzazione che il regime fascista mise in pratica sulla Venezia Giulia parte dei cui territori, alla fine della Prima guerra mondiale, era stata assegnata all'Italia quale potenza vincitrice del conflitto (trecentosettantamila sloveni e centocinquantamila croati). Ignorando i suggerimenti del presidente Wilson, che consigliava il rispetto delle minoranze etniche, lo Stato italiano procedette invece a una italianizzazione forzata della quale fu simbolo sinistro, nel 1920, l'incendio del *Darodni Dom*, la sede delle rappresentanze slave di Trieste. Nel ventennio fascista la politica di nazionalizzazione forzata (i rapporti dei prefetti dell'epoca riportano le dizioni di «bonifica etnica» ed «epurazione etnica», gli stessi crimini per cui la Nato è intervenuta in Kossovo) assunse forme particolarmente odiose in virtù delle funebri spedizioni delle squadracce fasciste italianizzatrici (particolarmente celebre quella di Francesco Giunta), fino al marzo del 1942, allorché una circolare dello stato maggiore dell'esercito (circolare 3C del generale Roatta) autorizzava non già le squadracce fasciste ma l'esercito regolare a esercitare violenza sulle minoranze slave della Venezia Giulia al fine di "italianizzarle". Il risultato è fornito dalle cifre ufficiali: tredicimila persone uccise fra partigiani e civili, ventisettemila deportati nei campi di concentramento fascisti, ottantamila fucilati.

Come risulta dagli atti della Commissione mista di quattordici storici italiani e sloveni che hanno indagato sull'accaduto e che mi auguro Ciampi conosca, «il fascismo cercò di realizzare nella Venezia Giulia il proprio programma di distruzione integrale dell'identità slovena e croata». Omettendo i precedenti storici, Ciampi implicitamente assolve la politica mussoliniana nella Venezia Giulia e non fa altro che schierarsi con la posizione di tutti i governi del dopoguerra che si sono sempre rifiutati di riconoscere le nostre colpe. Sottrae ancora una volta il nostro paese dal fare finalmente i conti con il proprio passato. Ma la sua presa di posizione ha qualcosa di diverso, perché egli non rappresenta una maggioranza di governo ma lo Stato italiano, l'Italia intera e non una sua parte. Nei paesi democratici è la Storia (le commissioni di storici, eventualmente le commissioni parlamentari miste) che giudica il comportamento delle istituzioni di uno Stato; è nei paesi a tendenza autoritaria che lo Stato giudica la Storia, interpretandola e imponendola ai cittadini secondo una vulgata di suo piacimento. Ciampi, proponendosi come interprete istituzionale della storia italiana (senza peraltro possedere i necessari strumenti culturali per poterlo fare) in realtà svolge un lavoro di omogeneizzazione e banalizzazione non dissimile da quello di certi giornalisti improvvisatisi storici che rileggono la storia patria nei loro libri-strenna. Con la differenza, per il presidente della Repubblica, che il suo detto e il suo non detto, data la carica da cui detto e non detto provengono, hanno un potere sulla coscienza collettiva di estremo convincimento rispetto a qualsiasi altra fonte. C'è infine da notare che il discorso di Ciampi, oltre alle parole di elogio ricevute da Fini, è stato considerato, a parte rarissime eccezioni, "normale" da tutta la stampa cosiddetta indipendente.

Assidui lettori che avete avuto la costanza di giocare fino a questo punto: ecco dove ci ha condotto la crisi del pensiero lapalissiano. Avete visto cucinare tagliatelle parlando di sangue; parlare fantasmi e recuperare vecchi orrori; avete visto vanificati tutti gli insegnamenti fondamentali della Storia. Non c'è più futuro, è già passato! E quando si tace sui delitti del fascismo e Salò bussa al parlamento *non si può più andare oltre, neanche per gioco. Così anche questo gioco dell'oca è finito. Ma poiché ci siamo spostati una casella qua, una casella là, a sbalzelloni, tanto da farci perdere la bussola, vi propongo una sinossi finale. Una visione d'insieme che troverete all'***Epilogo e congedo dal lettore***, per visualizzare d'un colpo il labirinto percorso.*

*Epilogo e congedo dal lettore**

I regimi, di qualsiasi natura siano, hanno un "vantaggio" sulla democrazia (che esige rispetto delle regole e dunque sacrifici dei cittadini): la capacità di tirar fuori il peggio dell'animo umano, e magari di "valorizzarlo". È sempre stato così, storicamente, e la regola vale anche per il regimetto dell'Italia di Berlusconi. Trent'anni fa Pasolini prevedeva una mutazione antropologica degli italiani: anche solo osservando i sembianti, a volume spento, delle creature che ogni sera occupano i nostri teleschermi si capisce che l'attualità è ben oltre le più cupe previsioni pasoliniane: questi sono dei *freaks*. Se il primate, per diventare umano, impiegò milioni di anni, l'umano può tornare al primate in una legislatura. La moviola della Storia (e della civiltà) può tornare indietro a velocità vertiginosa, e del resto il Novecento è prodigo di capitani di ventura che gridarono alla ciurma: «Indietro tutta!». E la ciurma esultò. E d'un balzo indietreggiò di secoli.

Appena arrivato al potere grazie alle regole della democrazia, Berlusconi ha aperto il rubinetto del peggio. E il "peggio che c'è in noi", quel fondo di ferinità che alberga nell'animo umano quando non è tenuto a bada dalla cultura e dall'educazione alla democrazia, è esploso come un fuoco d'artificio in tutta la sua volgarità e in tutto il suo becerume. Quanto peggio-di-se-stessa ci ha fornito l'Italia in questi anni di berlusconismo? La lista è enorme, e comunque sarebbe impossibile illustrarla a un cittadino che viva in un paese normale: sarebbe come par-

* Una parte di questo epilogo costituisce la prefazione al libro di Felice Froio, *Il libro nero dell'Italia di Berlusconi*, Newton Compton, Roma 2005.

largli di marziani. Come si fa a raccontare i mostri che popolano la vita degli italiani? Come si può descrivere la figura torva di certi direttori di quotidiani che ogni giorno sparano sui cittadini i loro titoli terrificanti? Titoli che indicano bandi di proscrizione, articoli che schedano i dissidenti, che intimidiscono, che diffamano, che aggrediscono? Come spiegargli che un giorno un ministro della Repubblica si è messo a saltellare come un canguro, gridando «chi non salta italiano è»? Impossibile, ti prenderebbero per pazzo. E il tal presentatore televisivo che nella sua trasmissione fa il notaio a Berlusconi per il fantomatico "contratto" con gli italiani: riuscireste a spiegarlo a un cittadino europeo? E la processione dei politici della sinistra che ogni sera si reca alla trasmissione del suddetto presentatore lo sapreste spiegare? E se raccontaste a un cittadino straniero che un delatore confesso della Cia, che si vanta di aver preso buste piene di dollari, nella sua trasmissione televisiva, a fargli compagnia, ha una giornalista di Rifondazione comunista, vi crederebbero? E l'alto dirigente di un partito della sinistra che si reca alla sua trasmissione e gli esterna tutta la sua stima, lo raccontereste senza timore di essere presi in giro? E avreste il coraggio di aggiungere che l'esponente della sinistra va dicendo qua e là che lui e l'ex delatore hanno radici comuni, lo stesso «marchio di fabbrica»? Non lo raccontereste, se non altro per non dover rispondere all'inevitabile domanda che chiunque vi farebbe: «Da giovane faceva la spia anche lui?». E il professore di filosofia assessore al comune di Milano che ha avuto la pensata di cambiar nome a piazzale Loreto, che ci ricorda cose tristi, per chiamarlo piazzale della Concordia, non è geniale? L'idea è altamente filosofica: se a certi luoghi in cui avvennero episodi che fanno la storia d'Italia gli si cambia il nome, col nome sparisce anche la Storia. Le Fosse Ardeatine ricordano cose tristissime, Fosse Birichine non sarebbe meglio? E il sindaco di una cittadina del nord che si atteggia a cowboy e che dice in piazza che ai clandestini bisognerebbe spararagli come ai conigli? E una sinistra che comincia a definire «democrazia irachena» le centinaia di migliaia di morti causati dall'aggressione di

Bush e sorvola sulle torture di Abu Ghraib per quattro cabine elettorali? Il peggio è difficile da spiegare, anche se per fortuna nel peggio da cui l'Italia è stata toccata c'è un meglio che ha illustrato il peggio a tutti coloro che erano rimasti illesi dall'epidemia. Grazie alla scrittura. Al contrario della *notizia*, infatti, la scrittura vera adopera un altro linguaggio: l'analisi. Non è un caso se da sempre ogni regime che si rispetti ha avuto come principale nemico, oltre alla letteratura, l'analisi, cioè l'informazione. La scrittura è pericolosa per la realtà, e questo tutti i regimi lo sanno, compresi i regimetti.

Se volete toccar con mano l'odio che il regimetto nostrano attuale nutre per la letteratura e per gli scrittori, aprite a caso uno dei tanti fogli che appartengono a Berlusconi. Lì, l'odio è quasi fisico: è bile, è livore facinoroso, è antico, ha lo stesso fetore dell'odio di quelli che hanno assassinato Pasolini. Ma non solo contro la letteratura, contro la *scrittura,* contro tutti coloro che scrivono. Vi siete chiesti perché? Perché la letteratura (ma, ripeto, tutta la scrittura) scende nel cuore delle cose.

Bisogna però dire che il regimetto berlusconiano "reclama" letteratura. Quel signorotto imbalsamato nel doppiopetto o fasciato di bandane, i suoi «mi consenta», le sue affermazioni da commedia all'italiana, lui e tutto il suo seguito – una corte dei miracoli fatta di maggiordomi, di piduisti, di amici condannati per mafia, di spie, di avvocati corruttori di giudici – sono un invito alla letteratura. Sono loro che la invocano: una letteratura burlesca, poliziesca, gotica, dell'horror, a seconda della situazione e del singolo personaggio. E con tanta forza la invocano che alcuni giornalisti, che scrittori di mestiere non erano (penso ad esempio a Curzio Maltese, a Marco Travaglio e a Giorgio Bocca), sono diventati veri e propri scrittori, con trovate linguistiche che possono fare invidia agli scrittori di professione. Certo, se Berlusconi perderà le elezioni, ciò sarà dovuto incontestabilmente al voto degli elettori, che per fortuna è ancora valido, nonostante il regimetto in corso. Ma sono convinto che a quel voto avranno contribuito più tutti coloro che, scrivendo, lo hanno smascherato, restituendoci la sua vera natura, che i suoi avversari politici i quali, tutto sommato, lo hanno sempre trattato da «onorevole collega».

Mentre scrivo queste righe è all'ordine del giorno l'affare "Nigergate", che per ovvi motivi questo libro non può registrare; un affare di spropositate dimensioni, nelle cui trame i servizi segreti italiani sembrano avere una responsabilità non indifferente, nell'aver fornito alla massima potenza mondiale uno dei pretesti per mettere il mondo sottosopra. Un'Italietta quanto si vuole, come la pensano i più sprovveduti, ma con un'innegabile "grandezza", e con un sottosuolo che evidentemente ha fatto passi da gigante, se oggi riesce a mestare nel torbido di altri paesi come riuscì a mestare nel nostro durante la cosiddetta stagione delle stragi. Se le inchieste di Giuseppe D'Avanzo su *la Repubblica* del 29, 30 e 31 ottobre 2005 avranno un riscontro veridico, e cioè se un falso *dossier*, una "patacca" *made in Italy* e rifilata a un presidente degli Stati Uniti avido di patacche, è servita come pretesto per far compiere a quel paese il passo decisivo nell'invasione dell'Iraq, possiamo ben dire che se il tradizionale *made in Italy* (dagli stilisti al barolo) sembra in crisi, un ben più importante *made in Italy* sta conquistando il mercato mondiale. La sequenza di questo film è la seguente: l'Italia, che sulla sua Costituzione è un paese che ripudia la guerra, dà una spintarella alla maggiore potenza mondiale per intraprendere una guerra illegittima. A tale guerra il governo italiano si unisce subito con slancio, inviando una "missione di pace" sotto forma di truppe armate di tutto punto. Cosa ha prodotto e cosa produce quella guerra, lo sappiamo. Sappiamo anche il disprezzo e le ingiurie che dai governanti italiani e dai loro servi mediatici sono piovuti sui milioni di pacifisti che in Italia e nel mondo hanno manifestato contro quella guerra. Ma ecco che oggi Berlusconi dichiara pubblicamente di essere sempre stato un pacifista, anzi di aver sempre cercato di convincere "l'amico Bush" a non compiere quel fatidico passo. Dunque lui era in buona fede, era ignaro di tutto. Vogliamo credergli? Ebbene, crediamogli. Ma allora, all'interno del contesto storico del nostro passato prossimo che tutti sembrano aver dimenticato, una domanda è inevitabile: dietro Berlusconi, cosa c'è? Costui è davvero Silvio Berlusconi o un figurante, un attore che interpreta il ruolo di se stesso? Dopo che, con un paziente "lavoro" trentennale che comprende la "cooperazione" italiana con la Somalia di Siad Barre, il Caf, i traffici d'armi, le Brigate Rosse, le stragi, le bombe, l'assassinio di Moro, la mafia militarmente operativa (assassinio di Falcone e Borsellino), la corruzione dei partiti politici, le infiltrazioni nelle banche, nelle istituzioni, nelle forze armate, nei centri nevralgici del paese, le connessioni con servizi segreti stranieri (Cia soprattutto) operanti sul nostro territorio (cfr. gli atti della Commissione Parlamentare Stragi) – dopo tutto questo "lavoro", dicevo, che ha incontestabilmente spostato l'Italia non tanto a destra quanto su posizioni anticostituzionali e antidemocratiche e i cui manovratori effettivi restano comunque ignoti; di questo "nuovo modello italiano", di questa Repubblica ancora senza numero, Berlusconi è l'erede più autorevole o l'uomo della provvidenza?

Questo insolito "gioco dell'oca" è finito. E anche il libro. Un libro che di volta in volta sembrava lasciarvi scegliere tra due opzioni di percorso, ma che conduceva allo stesso punto: bicamerale come l'Italia. Se, frustrati dalla lettura di queste pagine o dalla storia contemporanea attraversata, vogliamo poter scegliere non tra due ma tra molteplici e liberi percorsi, siamo chiamati ad essere vigili; ad essere vigili nell'urna e a schierarci quotidianamente contro ogni infima ingiustizia; ad impedire la regressione dei nostri e degli altrui diritti. E non basta: se vogliamo essere meglio rappresentati dobbiamo impegnarci in prima persona, uscire dall'indifferenza che grava sull'atmosfera che respiriamo e ricordarci che il nostro futuro è innanzitutto nelle nostre mani. Altrimenti, giorno dopo giorno, i pagliacci funebri prenderanno il sopravvento e diventeranno gli unici padroni del circo.

Il gioco è dunque finito: per quel che conta questo libro potete anche buttarlo via. Ma l'Italia non finisce con questo libro o con il tempo che esso delimita. Molte delle maschere della commedia dell'arte che circolano in queste pagine ve le ritroverete nella vostra vita, vera o televisiva. Magari non più negli stessi posti che occupavano nella commedia precedente, ma in un posto diverso, in una commedia uguale e distinta, in un altro copione, perché uguali saranno la maschera e il personaggio che vi starà sotto: sarà cambiata solo la scenografia. Ma se queste maschere sono eterne, l'esercizio quotidiano della democrazia può renderle inoffensive, può permettere di limitare i loro danni ed impedire che prendano in mano la conduzione delle cose.

Per il momento, però, ci resta l'Italia delle stragi, della bomba di piazza Fontana, dell'Italicus, di Brescia, della stazione di Bologna, di Ustica, delle Brigate Rosse, dell'assassinio di Moro, della P2, della mafia. Un'Italia che con i loro discorsi, le maschere che hanno occupato le nostre istituzioni non ci hanno chiarito. Anzi, dalla quale ci hanno distratto con i loro balletti e le loro moine, seppellendoci la nostra identità: perché noi siamo ciò da cui proveniamo, siamo il risultato del tempo che abbiamo vissuto. Ed essi, rubandoci la verità di quel tempo, ci hanno reso orfani di qualsiasi identità. Noi siamo semplicemente degli scampati a un'epoca di massacri nei quali anche i nostri corpi avrebbero potuto essere fatti a pezzi; siamo dei sopravvissuti nel corpo, ma non nella mente e nell'anima, perché quelle sono state fatte a pezzi dalla menzogna, dal silenzio e dall'omissione. Siamo dei trovatelli, figli di nessuno. In quanto italiani siamo figli di altri italiani morti che non hanno avuto giustizia e che aspettano risposte, se mai le avremo.

Chi ha scritto queste pagine è uno scrittore di letteratura. Ormai in Italia, come in un gioco di prestigio, dalla letteratura è scomparsa la vita, quasi che questa fosse portatrice di un'inferiorità rispetto a una condizione alta, felice e intangibile che sta altrove, anche se non si sa bene dove. La letteratura italiana, quella grande, quella vera, che ha fatto conoscere l'Italia nel mondo, è però fatta di vita. Così Dante, Boccaccio, Belli, Porta, Leopardi, De Roberto, Verga, Pirandello, Svevo, Levi, un certo Calvino, Montale, Gadda, Sciascia, Pasolini.

Misurarsi con la vita può far male, specie se lo si fa senza eccessive mediazioni letterarie o romanzesche. Lo hanno fatto altri scrittori in passato e l'ho fatto a lungo anch'io, come queste pagine testimoniano. Ma non lo si può fare per sempre. È giusto che uno scrittore, a un certo punto, ceda il testimone della visione diretta della realtà e riprenda i suoi strumenti più consoni. È quello che faccio, chiudendo questo libro. Il futuro è di vostra competenza: pensateci voi.

Indice dei nomi

Indice

Stampa Grafica Sipiel
Milano, marzo 2006

G2 0041053204
X 00018372
L'OCA AL PASSO

TABUCCHI
1^ EDIZIONE
MARZO 2006
FELTRINELLI
EDITORE